微光

一个央视记者的采访手记

A CCTV REPORTER'S INTERVIEW NOTES

何盈 著

红旗出版社

立大志向，下大功夫，用心去走，一直走下去，你希望能成为一个大记者的愿望一定能实现。

——邵华泽

世界上有哪一种职业最需要也最可能贴近人心？记者必是其中之一。记者，是行者，是作者，是医者……何以得证？就让这道《微光》充盈于您的内心吧。

——康 辉

央视驻浙江记者站的何盈把她的采访笔记结集出版，想让我写几句话，我欣然答应，因为我对她确实有较深的印象。这些年，何盈和她带的电视摄制组采访我若干次了，到底有几次，记不清楚。

对她印象较深，不仅因为她采访我的次数多，主要是因为她工作的态度与状态。说到态度，我首先想到的是诚恳。可以说，世界各地主要媒体的采访我大多接受过，采访记者采访时是发自内心的提问，还是按计划提问，我是分得出来的。两种都有，但何盈的提问一定是带着内心的感受的，她的眼睛温和又坚定地看着你。而且，她尽可能不说套话。说到状态，就是投入。记得在文村，采访中不停地换机位，不嫌麻烦；有追求，甚至有点强迫症，但又时刻注意不打扰村民。我欣赏这种状态。

——王 澍

我最想分享的其实不是具体某个片子的技巧，不是采访手法，我最想分享的是，作为一个老记者，对做片子的着迷和越来越加重的敬畏之心。

一封写给白岩松的信

白大哥：

这些天在北京参加国庆70周年报道的演练，现在才空下来把书稿发给你。关于这本书，还想跟你说说几句心里话。

为什么会有这本书，其实也是不知不觉被推到了这一步，去年我出了第一本书，没有经过销售渠道推广，没想到一传十、十传百传了出去，很多浙江及外地的同行，认识不认识的，都来要那本书。今年春节后，出版社主动找我，他们做了第一本书之后，觉得可以把我过去的采访手记再结集成册。但跟我谈过之后，我犹豫了很久。首先，我觉得自己不够这个资历，我身边优秀的人太多了，自愧不如。其次，我想，自己这套拍片子的经验是不是已经过时了，媒体都在转型，我那些所谓的“经验”还会给别人带来感悟吗?

我们浙江站的杨少鹏，他是这本书最坚定的支持者，每次我动摇的时候，他都会说：“何姐，有很多人需要这本书。”语气诚恳得不容置疑。对我自己来说，我并不需要用出书这种形式感的东西mark自己的职业生涯，因为我太微不足道，我一直缺乏这份自信。况且在我的职业生涯里，有好几位偶像级的人物，包括白大哥你在内，你们在这条道路的前方，我一直看着你们的背影，一路追随。你可能不记得第二届乌镇互联网大会那次，我送您去机场路上，在车上你跟我讲过的那番话，但我永远记得。还有G20期间，我把其他工作都搁一边，愿意当你的小跟班，你的只言片语对我来说都是一本值得反复琢磨的教科书。这条职业之路，不是一直都晴空万里，天黑的时候，你们会点燃手里的灯，哪怕那点光亮照不到彼岸，也总能让在后面的我看到方向。

少鹏、文豪、秋宇，这些跟我并肩作战过的其他记者站的弟弟们时不时地发来一些微信聊天截屏，他们说，姐，你有很多粉丝，他们因为看了你的节目才明确该怎么当记者的。时间长了，我才恍然意识到，我眼中看到的是前面这些高大的背影，而我自己，渐渐地，也成了另外一些人眼中的背影。我看着前方那些灯火前行的时候，我自己也渐渐成了执灯者。

对你喜欢的人最大的敬意，就是努力成为他（她）。

于是，我从电脑的角角落落里翻腾出来近10年的采访手记，一篇篇看，看到的是一个小火球一样通体发烫的自己。是的，我的心里始终有一团火，我问十年后的自己，这团火还在吗？嗯，还在，没灭。每一篇采访手记都没有作大的改动，幼稚的让它们保持幼稚，天真的依然天真去吧。这里面，很少有如何做新闻的“道理”，更多的是“感受”。我想，记者这个职业是最怕教条化的，做新闻，拆了那些条条框框，才能做得好。因为没有一个新闻现场会和另一个是一模一样的，没有两个采访对象是相同的。出不出这本书，对我来说，就成了应不应该勇敢举起手中那盏灯。

那天我给你发了信息，希望你看过书稿后写上几句，其实这个想法在心里也憋了几个月，尤其是媒体转型期，包括我自己，包括比我更加年轻的记者们，都特别需要偶像的鼓励，告诉我们什么要变、什么不能丢。

白大哥，在此把我的书稿呈上，并想对你说，有你在前方，就是一种力量。

何　盈

白岩松的回信

何盈：

20年后，记者这个行业还有存在的必要吗？

在人人皆记者的现在，真的有人提出了这个问题，并且有人给出了否定的答案。

翻开这本书，我看到了5个关键词：好奇、不满意、温度、追寻、长跑。

一个专业的好记者，要保有对未知的好奇，对社会丑恶现象和落后面貌的不满意，以及对自己不够专业的不满意，而在行走中，始终保有对人尤其是普通人的温度，更要有对美好未来的追寻，当然，这一切都需要建立在有韧性的长跑之中。

合上这本书，我似乎拥有了答案：20年后更可以人人皆记者，但专业的好记者依然很少吧，我猜想。

这本书，是你迈向20年后的全新起跑线，也是很多年轻的记者同行，想想怎样做好记者的一面好镜子。

白岩松

目录

I

Ⅱ

Ⅲ

何盈

I

「真正打动你的是什么」

真正打动你的往往不是“意义”，不是采访对象高不可及的理想或者他难以被复制的极致经历，而是藏在他一举一动、一颦一笑中那些仅属于他的东西。

“眼下的松阳就是我的前程。”凌晨1点多，微信上传来这一行字。认识王峻一年多，他很少说出这样“直白”的话。他的身份和性格让他已经习惯了相对谨慎地说话。他是松阳县委书记，也是我可以交心的朋友。这天晚上我们聊到了“前程”。我们说起各自的“前程”，后来我说“前程”其实就是梦想吧。一个县委书记也会有他带有强烈个人色彩的梦想，这个梦想实现与否关系到几十万老百姓今后的日子。这是一个大潮涌动的时代，在这个背景下，每一个人都是小人物，而我们需要尊重每一个梦想，这些梦想成真的过程值得我们去观察并记录。

同一天晚上，我和同事刘峰去国家话剧院看了田沁鑫导演的《北京法源寺》。戊戌变法是近代史上的一次耀眼的昙花，历史书上，专门有一页，列出了几个名字，还有他们的照片，黑白的，印刷效果不清。就这样，被消解到厚厚的历史书里，成为为了应付考试不得不记住的几个人名。谭嗣同他们几个为什么死，康、梁为什么能逃？这些问题那时候的我也没有去追究，因为我只把他们当成了必须记住的几个人名，因为历史课老师说戊戌变法是很容易被考到的题。而这天晚上，这些名字都站起来了，说话了，他们还原成一个一个真实的人之后，他们像一棵棵树，越长越高，终于挣脱了历史课本，站立成他们本来应有的模样，让我仰望。而整场戏，谭嗣同这个角色演得最生动。田沁鑫导演说，“演角色难，演角色精神更难，贾一平塑造的谭嗣同，有官家子弟的桀骜，有黑白两道通行的江湖气，有一股子昂扬勇猛的气焰，也有一抹野蛮的色相，亦有救国拯民的风采。贾一平成就了谭嗣同的舞台形象，塑造了《北京法源寺》中这个丰富的正面角色——谭嗣同。”

“丰富的正面角色”，这是田沁鑫给主角谭嗣同的定位。“正面角色”不用说了，谭嗣同已经躺在历史书里当了上百年的正面角色，因此，重点在前面的定语“丰富的”。反观新闻这个行当，我们做的很多人物报道其实都是当下这个时代的正面角色，行话叫“正面人物典型”。这种报道往往是最难做的，往往容易落入窠臼，按“套路”来。做这种报道唯一的“套路”就是忘掉套路，因为每一个人都是一部史诗，世上没有两个相同的人生。不管你的采访对象是谁，你都把他当作一个独一无二的人去对待。

建筑师王澍说，世界上“有两种建筑师，第一种建筑师，是在做建筑时，只想做重要的事情；第二种建筑师，是在做事之前，并不在意这个建筑是否重要，只是看这件事情是否有趣”。他说他自己属于第二种建筑师。他甚至一直回避“建筑”这个词，“因为‘建筑’这个词先把‘造房子’这件事搞得太重要了，而这样做的危险在于，众多建筑师丧失了在生活中基本的感官经验”。我们做人物报道也一样，真正打动你的往往不是“意义”，不是采访对象高不可及的理想或者他难以被复制的极致经历，而是藏在他一举一动、一颦一笑中那些仅属于他的东西。作为采访者，你要一猛子扎进这些细节中，注意，这些细节通常并不会直接平铺在你面前。准确地抓取它们，需要日积月累地训练，而每一次报道都是一次练习。对于记者来说，“入戏”很重要，你自己要在采访创作的这段时间里充分入戏，换句话说，你要尽可能多地了解他（她），设身处地地理解他（她）。入戏越深，你跟人物走得越近，打开他更多的内心世界才变得可能。

韩凯：“微笑”27 年 向善的力量

每个人都生活在一个大时代和一个小圈子里，每个人的选择既是发自内心的，有时也是不由自主的。

没有人是一座孤岛，可以自全

他的内心很静。这是我对韩凯的第一印象。采访韩凯，说实话，自己最初也以为是去拍一个好人好事的片子。第一次见韩凯，他身边的几个人你一言我一语地向我介绍着他的经历和获得过的荣誉，而韩凯始终保持着进门时的微笑，不插话，也不为所动。有些人的善良是可以被他的笑容“暴露”的，韩凯就是这样一类人。

介绍韩凯并不难，总结其他媒体之前的报道，貌似三五句话就可以说清楚：他是最早把“微笑行动”引入中国的整形外科医生，20世纪80年代末，在美国深造后留在美国当医生的韩凯因为参加了几次国外的慈善医疗救助行动，深受触动，1990年他将这个“微笑行动”带到中国，而后一直没有停止过。回国后，他把这件事变成了自己的一项事业，一直做了27年。

2017年11月，韩凯刚刚在北京领回了全国道德模范奖，他是浙江省获此殊荣的三个人之一。领奖后没几天我在杭州第一次见到他，他说一个月之后，“微笑行动”要去云南曲靖进行为期四天的免费唇腭裂手术，将近100个孩子报了名。

把人物“放回”他的时代里

做人物报道跟做其他报道不同的是，你要去反复“琢磨”这个人。而个体和时代的关系始终应该成为我们做人物报道时紧紧扣住的一条思维导线。因为，没有人是一座孤岛。

对于一个人来说，是什么让他拥有不同于别人的人生？我觉得就是两个字——选择。我们拍摄每一个人物，其实就是去探寻他人生中的每一次至关重要的选择。

“没有人是一座孤岛，可以自全。”这是萦绕我心中很多年的一句话，最早看到是大学时代读海明威的《丧钟为谁而鸣》。每个人都生活在一个大时代和一个小圈子里，每个人的选择既是发自内心的，有时也是不由自主的。思考人物，首先要做的事就是复位，把你的拍摄对象放回他当时所处的那个时代里。我们思考这个人物的时候，要让时光倒流。

开拍之前，我的同事也是我的师傅，新闻中心评论部的纪录片导演陈竹强给我看陈虻生前给他们讲片子时他记下来的笔记。其中有一段笔记我印象很深，一位编导拍过一个片子，讲述一个人怎么样留住手艺。片子里的主人公大概是一个一直坚守老手艺的匠人，陈虻评这个片子的时候，批评编导只去讲这个主人公怎么样坚守，怎么样不放弃这份技艺，而忽略了时代背景，他说片子里只简单提了一句主人公从弟弟手上接过了这家老店，然后全片都在讲他是怎么制作这个手工艺的。他问，主人公的弟弟干吗去了？他为什么不要这个老店了？他是做生意去了吗？弟弟的选择可能就是那个时代大部分人的选择，通过对弟弟情况的介绍就能把时代背景带出来，主人公的这种坚守才显得更可贵。

拍韩凯的时候我一直问自己一个问题，27年是什么？坚持27年跟坚持7年有什么不一样？如果不把这个问题想清楚，27就只是一个让人无感的数字而已。我们经常在人物报道中听到这样一句话："某某几十年如一日……"我特别怕这个"几十年如一日"，因为"几十年"不可能"如一日"，我们要表达的就是几十年不可能如一日的时候这个主人公是怎么坚持的，什么东西成为他坚持下来的动因？27年是什么，先要看看27年前的那个时代是怎样的，于是我问自己的第一个问题是，1990年是一个怎样的时代？1990年，我上初一，那时候中国恐怕还没有"志愿者"这个词。1990年，两年之后邓小平发表南方谈话……这30年中国经济社会跨越式地发展，很多新生事物、新观念、新的生活方式出现，我们习以为常的事物放在30年前其实是很罕见的。

拍这个片子的时候正好赶上《芳华》上映。我父亲也参加过电影里提及的那场对越自卫反击战，时间正好也是30年前。我用父亲的经历去联想韩凯的选择。那个时代的人是很少有机会自己决定自己的命运的，他们几乎就是被时代大潮裹挟着往前走，父亲参战那两年，年幼的我被当作英雄的后代被人仰视，家里一拨又一拨的记者来采访，我们这些参战军官的女儿们组成的舞蹈队，无论去哪里比赛都能拿第一名。然而，几年之后一直到现在，已经没有人再提起那场战争，人们遗忘的速度远远快过庆贺的热烈。而韩凯正是一个在那样的时代里主动作出自己的选择的人。只为这一点，他确实不简单。

做人物报道，还要从他身边的人去了解他，同样也因为没

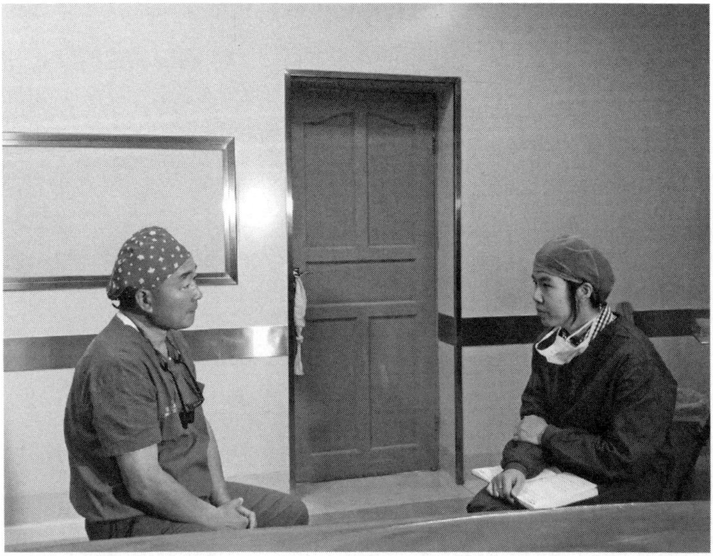

韩凯："微笑"27 年向善的力量——现场采访韩凯。
（摄于 2018 年　云南曲靖妇幼保健院）

有人是一座孤岛，每个人都有跟他相连的人。对于韩凯来说，他的同行是怎么看他的？尤其在比他年轻很多的同行眼中，认为他可贵在什么地方？这些都可以构建起更完整的人物，因为每个人都会从自己的视角去看这个人物。也许你的这些外围采访不会全用在节目里，但是采访人物时这个步骤不能少，它能帮助记者自己更全面地了解采访对象。参与这次云南“微笑行动”的主刀医生中有一位来自西安交通大学第一附属医院的整形科医生，他才32岁，是整个医疗志愿者中最年轻的主刀医生。韩医生第一次组织这个行动时他才出生没几年，他说，韩医生是这个领域的开拓者，做到现在，我们这样的他的学生的学生辈的医生都可以做这个手术了，他还坚持亲自上手术台，他已经是一面旗帜了。

采访韩凯的最后一个问题，并不在我之前准备的采访提纲里。我问他，你觉得人生的意义是什么？从他的反应判断，这个问题应该是没有记者问过的，没有回答过的答案更能体现他最本真的想法。他的回答很朴实，我用在了片子里。他说：“人呢，没有容易的事儿，也没有做不成的事儿。只要你不放弃，可能多多少少会往前走一点。能做我力所能及能做的事情，把它做好，我觉得生活就很美满了。”不知道是不是跟我现在的年纪有关系，我越来越觉得，轰轰烈烈的回答反而没味道，平淡也是有力量的，所以我很喜欢他这个平淡的回答。

挖掘人物的时代意义

做这个片子的时候我一直在思考，怎么样才能把这个片子不做成简单的好人好事。但翻阅韩凯所有的报道，都是围绕他无私奉献，默默付出去做的。

人物报道都会有一个预采的环节，什么叫预采，预采分两种途径，一是在正式开机前跟采访对象先聊一聊，让彼此先熟悉起来，产生好感。记者的亲和力在这里发挥着至关重要的作用，要让你的采访对象不抵触，对于央视记者来说，你一出现就无可奈何地“自带标签”，所以更需要你的亲和力让采访对象不觉得有压力。几年前，我曾经代表央视记者去中宣部一个走转改座谈会上发言，题目就叫“撕掉标签”，说的就是这个事。预采的另一种途径就是翻阅关于采访对象之前的报道，或者他写的书、文章。如果这个采访对象是第一次接受采访，可以看他的朋友圈等，总之，你要尽其所能更多地了解他。

对韩凯的预采，我发现每一次见面他身边都会有很多朋友，这些人一看就能猜出既是他的朋友，也是“微笑行动”的志愿者。他们会从各自的亲身感受去谈对韩凯以及对这个活动的感受。当时我的感受就是这不是一个人在战斗的故事。

他带给周围世界两个层面的“改变”，首先，27年的“微笑行动”为3万多个孩子免费做唇腭裂手术，改变了这些孩子及他们家庭的命运。同时，几万名志愿者的参与，所有参与者的价值观也发生了改变，就像我们采访一位多次参加活动的广东肇庆的志愿者，他说：“参加了几年‘微笑行动’，我觉得自己也变成一个正能量的人了。”

网络上的负能量太多了，吐口水的人也太多了，什么是正能量，就是尽己所能，从点滴做起。这些志愿者会让你觉得他们个个都很阳光，并非阳光的人都碰巧凑到一起了，而是参与这个活动能让每个人的心灵受到洗涤，实实在在地做点什么，而不是一味抱怨。医疗志愿者余学元回到西安后发了一个朋友圈，最触动我的一句话是："在这个高度物质化社会中，在日常生活的柴米油盐中，在碎片化的八卦中，抱怨着空气，抱怨着城市的交通，追求是不是换更大的房子，或是换辆高级的轿车，却忽略了这片土地上还有着很多贫穷的同胞。而上天是如此的不公平，出生在这样贫穷的家庭却又遭受唇腭裂这样不幸的畸形。少休一个假期，多一点奔波，就能给这些家庭带来福利。虽然做过很多手术，这些劳动换来了我今天生活所有的物质基础，却不及这些免费手术带来的内心满足。修复孩子们嘴唇上的裂隙，让我找到内心深处的平静。"

所以，我在确定这个报道的编辑思路时，写下了这样一句话，从医疗救助行为到"医治"世道人心。每次活动的最后一天，都会让第一次参加的志愿者讲讲自己的感受。那天我们也在现场坐着听，本来我说这场不用拍了，因为我们已经单独采访了很多位志愿者。但是听了几个之后，我就决定这个分享会一定要用在节目里，而且就用它做整个片子的结尾。在每个志愿者感言之前，我写了这样一段解说词："按照惯例，离开前的最后一个晚上，志愿者们齐聚一堂分享各自的感受。很多人本以为自己是助人者，然而四天之后，他们发现自己其实也是收获者。"助人，同时也受助。我想，这就是"微笑行动"能够坚持27年的原因。

做人物报道，我们经常会说，你是在围绕人做，还是围绕事做。我认为两者的区别在于，围绕事做，只要把事情讲清楚，围绕人做，就需要加上记者自己的感悟，你对这个人理解多少，决定了你的片子的深度和广度。

写于2018年12月

戴建平：不把硬骨头留给下一任

一篇优秀的文字稿不一定能做一个好的片子，文字稿、同期、现场是一个不可分割的整体，它们共同营造了一种场，带着观众融入你要讲的事、感受你要说的人。

我们因为“不知道”而去

县委书记是官，这谁都知道，可县委书记首先是人。在我们的宣传报道中，塑造好官的节目不少，可怎么把一个好官的“好”表现好，让观众觉得信服，我想我们首先要把这个官作为人的一面挖掘出来。他有什么性格？他做事什么风格？“县委书记也是人”是我给我们这次拍摄小团队的工作群起的群名，用意是希望我们拍出的县委书记是有血有肉有真性情的。目标很伟大，实现目标的时间很紧巴，从接到采访任务到节目播出只有4天时间，我们只能尽心、尽力而为。每天晚上我们拍摄团队都要激烈地头脑风暴至凌晨，从开拍前就定下铁律：首先，夸一个人，千万别让他自己夸自己好；其次，夸一个官，千万别让老百姓直接对着镜头夸他好。最后总结一条，夸一个官好，真难！我们必须正视整个社会大风气是官民之间存在着很多误解，如果我们的节目让观众觉着假，对我们的宣传产生逆反心理，会加深官民之间误解的鸿沟，而我们的任务是消弭社会阶层之间的裂缝。所以，采访过程中一定要小心再小心。

做“事”还是做“人”？

这个报道中有几处给观众留下深刻印象，比如家里没有厕所的胡大爷，当被记者问及怎么不在家里装一个时，胡大爷怒气冲天手一指，“这个问题别问我，你们问戴建平去”；比如，坐在小店里叽叽喳喳说这个地方为什么这么难拆，“理不清楚”的女住户；比如，戴建平说万一拆不好，群众上访、领导批评，自己在建德的成绩已经很好，没有必要碰这个烫手山芋，做这个拆迁就是不想把它留给下一任；比如莲花镇老百姓给他起外号“戴拆平”，他自己又怎么看这个外号的？“拆是为了更好地建，最终还是‘戴建平’”；再比如为了治水他把自己的手机号登上公告牌，任何退养户都可以打电话“骚扰”县委书记；等等。

做县委书记，又是优秀县委书记，又是全国百名优秀县委书记的报道，难就难在怎么刻画人物，中组部在2800多名县委书记中遴选出100位优秀书记，他们个个身上肯定都有过人之处。所以，不必怀疑人物本身没有亮点，而摆在我们面前最大的障碍就是怎么真实生动地刻画人物，让观众看完片子以后确实对这个书记心服口服。最怕的就是县委书记是“真”优秀，我们却做“假”了。如何击破这种“假”，如何在有限的拍摄时间内（我们的节目从拍摄到回传成片前后只有四天时间）找到真实感？挑战的不是体力，而是心智。拍人物尤其是拍县委书记，很容易把全部宝都押在这个主人公身上，片子不好我们会埋怨说这个采访对象表达不生动，不适合电视表现等等。这次又因为拍摄时间有限，再加上开拍前领导对这个系列提出了很高的要求，我们从接到任务那刻开始，心里就着急上火。一急，就更会想着把所有时间都放在县委书记身上，甚至摄像不关机，跟着他拍，让他不停地说，插空就坐下来采一段，这样我们的镜头就能始终跟着他拍。我们按捺住了心里这份急，再急的活也一定要把思路先理顺。我们反复告诉自己，刻画人物，做的是一个人物的片子，不管拍的是县委书记还是镇长，我们要用他做的事情把这个人物树起来，而且还要考虑到我们做的这个人物是县委书记，什么人物个性是跟县委书记作为一线指挥官密切相关又能让观众记得住的？在跟戴建平接触后，我们的感受是，他是个不服输、爱啃硬骨头的急性子。

于是，我们推翻了采访之前定的主题。一开始，我们设想是做“治水书记”，把戴建平怎么治水的事说清楚，可莲花溪的变迁是过去时了，现在是一溪清水向东流，所有的治水故事都要找当事人回述，做出来也仅仅是一个传统的联播片。而在跟戴闲聊时我们听说另一件头疼的事刚开始做，就是麻园巷拆迁。但这个事不能撑起整个片子，因为拆迁的决定市里刚刚通过，补偿方案还没有制订出来，老百姓只有看到补偿方案，满意的、不满意的，各种争议才会出来，才有真冲突，有真冲突才能抓拍到真现场。最后我们决定麻园巷和莲花溪都要说，一个有现场，一个可以回述过程和结果。但一个片子里怎么放两个故事？一个是拆迁，一个是治水倒逼产业转型，其中的联系是什么？我们采访中发现这两件表面看似没关联的事其实有一个共同点，这个共同点正好能反映戴建平的人物性格和作风。这两件事都很难，都是最难啃的硬骨头，都是欠账重、百姓积怨深。一件是戴可以不做但主动去做，一件是戴不得不做的。我们最后把主题定为“不把硬骨头留给下一任”，既是源自戴本人的一句同期（即同期录音，指在拍摄画面的同时进行录音的方法），也是对他为官一任敢于担当的总结，用口语化的表达既形象又接地气，一目了然。

配角出彩，主角才有戏

无论是一肚子怨气的胡大爷，还是一边啃着饼一边抱怨20年前说拆到现在还没拆的大姐；无论是因为鸡棚被拆哭鼻子的徐小凤，还是说话间透露了戴书记公布手机号的乡镇书记仇康君……他们都是片子里的“路人甲”。我们的主角是县委书记，但镜头不要总是跟着县委书记，这是我们尝试击破“片子显得假”的一个经验总结。这个片子里总共有7位“路人甲”，他们是营造真实感的“功臣”。我们的四天采制时间中两天拍摄，两天写稿剪辑，但其实在我们短短的两天拍摄过程中，第一天并没有拍任何有关县委书记的内容。让戴建平等消息，也不告诉他我们要干什么，其实我们自己悄悄跑去了麻园巷和莲花溪，我们想看看这两个地方到底是个什么样？老百姓的真实情绪到底什么样？启发我们的是李玉（曾经是评论部纪事编导，现在是著名导演）的一句话，我们从来都不是因为“知道”而去采访，我们是因为“不知道”而去。如果我们的镜头一直跟在书记后面，肯定抓不到质问戴建平的胡大爷和啃饼的大姐等这些生动的细节和现场。而整个片子不是因为戴建平的同期和表现而显得真实，正是因为这些配角，这些路人甲的真实状态，才烘托了戴建平的真。11分钟的片子里用戴建平的同期只有四处，时长加起来只有1分多钟。配角出彩，主角才有戏。

从生活常态中抓取真实

要注意电视元素中的细节，画面里的每一个角落都会“说话”，每个细节都在“表达”。比如，同样一句同期，两寸照片式的采访和端着一碗粥、嘴里啃着饼说出来的，真实感是完全不一样的。怎么样去抓取这样的真实感？采访的时机很重要，我们要善于从生活常态里去伸手抓。考虑到麻园巷里老人住得比较多，老人的生活习惯是起得早，我们希望能拍到居民早上倒马桶、站在巷子里刷牙这些生活化的细节，所以早上6点就进入麻园巷，才拍到了大姐一手端着粥、一手举着饼、一面跟我们抱怨20年前就说拆到现在还没拆。试想，如果这句话是杵在那里对着镜头说的，效果会是什么样？后者是说事，前者除了说事，还表达出了情绪。电视语言高于文字表达，高就高在我们可以情感更充沛地说事。所以一篇优秀的文字稿不一定能做一个好的片子，文字稿、同期、现场是一个不可分割的整体，它们共同营造了一个磁场，带着观众融入你要讲的事、感受你要说的人。

付出的都是有用的

既然我们明确我们的片子不是单纯展现这个县委书记的业绩，而是去展现一个人，我们报道的是一个人而不是一件事，那尽量全面地了解你的采访对象，这个工作是必须做的，即使片子里用不到。戴建平是外调干部，家在金华兰溪，老母亲和老婆孩子都不在建德。有一天晚上我们专门去了一趟兰溪他家里，虽然采访他老母亲和妻子的段落没有放进节目里，但这一趟跑得值。去了他的家，看看他家里的真实状况，跟他妻子聊聊天（因为是突然袭击，她事前没有任何准备），这些都有助于我们了解戴建平是个什么样的人。他妻子跟我们聊起，说没沾过县委书记丈夫的光。戴回兰溪就是平头老百姓一个，夫妻俩去超市买几大包东西，哼哧哼哧地挤公交车；她说女儿从小学三年级开始，丈夫就调到外地工作，现在女儿已经大学毕业工作了，他还在外地工作；她说急性子的戴建平谁都敢急，只有在女儿面前一点儿不敢犯急，像小绵羊，因为他觉得亏欠女儿太多。做人物，最重要的是记者对采访对象要认同，但不能盲目崇拜。开始接触时，尽量一直抱着质疑的态度，要因为“不知道”而去探寻答案。这次在开拍前，我们还把一直跟着跑书记的建德台时政记者拉过来聊了很久，想通过记者的视角和亲身体会了解戴建平的工作作风和风格，从中了解戴建平跟前几任有什么不同，他为什么能做成别人做不成的事。这些看似没有体现在片子里的“无用功”，其实都有用，都在帮助我们认识采访对象，而不只是听县委书记本人怎么说。

虽然这是一个开拍前觉得“不可能完成的任务”，过程中非常煎熬，但现在回想起来，我很珍惜有这样的机会，接受这样一个挑战。在电视屏幕上塑造一个县委书记，在我的职业生涯中并不常遇到，这次采访过程中的得与失对我受益匪浅。

写于2015年7月

【拼在基层】徐翔：我是“乡间小吏”

这次几乎所有的主角无一例外都是普通人，我们看到的只是他们在怎么活，他们在困难中的坚持，他们在生活中简单朴素的执着，这些面孔和故事拼在一起就是中国人的活法。

把自己重新扔回起点

意外“发现”

认识徐翔实在太偶然。2014年9月，有个采访任务要去温州采访市委书记，赶联播，活儿急，下午采完直接往杭州赶。饭点儿，路上在高速边一个农家小馆边吃饭边听同期，当时我并不知道，那个离开温州市区后高速开了1个多小时的地方叫岩坦镇，那也是我第一次听到这个地名。

吃饭时镇长徐翔坐得离我最远，因为要干活，饭吃得急，话也聊得有一搭没一搭。饭后天色已晚，到杭州还要赶3个小时路，急匆匆道别，一切都是礼节性的，当我打开车门那一刻，徐翔从后面追上来：“能加个微信吗？”我一愣，说实话，手机里存了很多各级基层干部的微信，不过真正经常使用的人极少。徐翔主动加我，说明他常用，一喜：“好啊，扫一下吧！”

后来跟徐翔熟了，有一次聊起这一幕，他说，这种工作上的萍水相逢，他一般不会主动加微信，“因为感觉你气质像三毛，挺亲切”。哈哈哈，看来也是文青一枚。

有了微信，刷朋友圈时刷出了“乡间小吏”，他的头像后来被“90后”摄像马迅形容像王家卫：戴着墨镜，咧嘴乐着，意气风发。第一次刷出的那条朋友圈大概是讲了他当天的工作，然后是对乡镇工作的感悟。只记得写得很长，挺生动，也挺实在。不由得吸引我点进去看他之前发过的朋友圈，这是怎么样一个人？他的日常工作状态是什么样的？他的感慨由何而来？

他几乎每天都会发一篇，基本都是原创，晒家乡的美景、美食，更多的是对基层工作的感悟。其中有一篇给我的印象最深：

基层的公务员有时候受了委屈还得自己忍着，谁叫我们是草根呢。只有在基层工作过的同志才有切身的体会。请不要戴着有色眼镜看基层干部，我们也有崇高的理想，也有坚定的信念，不缺干事的激情。我们只奢求各界对我们加以理解和支持，因为我们是各项政策的执行者，我们直接面对矛盾，直接面对困难毫无退路。在依法行政的呼声越来越高的现在，基层干部还是在心惊肉跳地游走钢丝，也不知道自己什么时候会掉下来。掉下来之后，后面的同志又跟上来，他根本没时间和条件去怜悯和拯救你。我相信基层干部们是最期盼依法治国的步伐越来越快的一个群体，我们希望工作过程中有法可依、有规可循、有章可定。请不要再刻意抹黑我们基层干部，我们的绝大部分人，心里都有一个美丽的中国梦！请给基层干部这个群体以包容！

没错，有压力、有反思甚至有委屈，但梦想不灭，这就是徐翔的朋友圈为我勾画出的个人轮廓。

“发现”他让我有点兴奋，我以为我找到了一个出口。我们身在基层，真正了解基层吗？不是盲人摸象式的局部的基层，不是极致状况下的基层，一个日常的、每天都发生各种各样情况的基层，一个常态下的基层。这对我一直是一个困惑，也是一种压力，甚至是一种拷问。

我们采访过各级官员，从省里领导到村支书，主旋律宣传的、舆论监督的；我们也采访过无数突发事件或抗台救灾中的基层干部，但大多是“就事论事”，就一个报道主题谈某个方面的话题。在此之前徐翔并不是当地推广的什么典型，以至于我们去采访徐翔，永嘉县宣传部、组织部都摸不着头脑，问我们怎么会选择他，反问我们他有什么“事迹”。其实我们想找的就是一个普通的基层干部，看看他最普通的状态。

常态下的浙江乡村到底什么样？常态中的基层干部到底是怎么工作的？常态下的基层治理到底有哪些困境？我一直想找到一个入口，带着这个问号走进去。后来，我把“发现”了徐翔的喜讯兴奋地告诉站里的记者。记得当时我说，我预感他将是咱们了解真实的浙江基层的一个突破口，咱们一定要去认识一下他。

其实同时，我想到了这两年经常会拿出来翻看的那本书——《寻路中国》，我曾汗颜一个美国记者做了我们该做却没做好的事，打开、记录一个真实的中国，这本书有一半写的都是作者何伟在浙江的见闻。

每个带有理想主义色彩的人在职业生涯中一定有一个人或一件事对他意义非凡，以至于深深地影响他的价值观。对徐翔来说，影响他的是一个地方，叫西岙乡。这里坚定了他的从政为官之道，像他的一个精神圣地、一面镜子。他把这面镜子摆在心里很重要的位置，会时不时地去照一下，镜子里的自己充满激情、桀骜不驯、特别简单地认定一个不想当官的人才能当一个好官。

发现他心里的这面镜子是在我们最后结束采访的那个乡村之夜。村民拿出自家酿的米酒，在场的所有人，我们、徐翔、村民都喝醉了。借着酒劲儿，徐翔讲到了西岙乡。

西岙乡是徐翔在当岩坦镇镇长之前工作的地方，属于另一个镇，当时他是乡长。永嘉县处在山区，西岙乡被称为永嘉的小西藏，环境最恶劣，也最穷。刚到西岙没多长时间，有一次，热情朴实的村民请他去家里吃饭，桌上有鱼有肉，吃完他在乡里转，转到了西岙小学，正赶上孩子们吃晚饭。他说，看到孩子们饭盒里的食物，他第一次觉得自己怎么这么可憎，简直想扇自己一个耳光。饭盒里没有菜更没有肉，每个孩子都在吃从家里背来的快要发霉的霉干菜就米饭，这些孩子的父母几乎都为了讨生活长年在外地打工，徐翔一问，才知道孩子们一日三餐全都吃这个。

强烈的自责让他觉得在他当乡长期间只要做好一件事就对得起良心了，那就是让西岙乡的300多个孩子们吃上有营养的一日三餐。怎么做到？他跑了教育局、民政局，没有哪个部门能拨出这笔钱，最后，他急了，给自己放下狠话，一定要想办法让孩子们至少5年内每天吃到营养餐，如果做不到他就主动辞职。

孩子们这样吃饭已经很长时间，没人觉得这有什么对或错，这跟一个乡长所谓的政绩不挂钩，没有上级考核甚至没有上级知道这种情况，没人逼他这么做，是他自己每时每刻在逼自己。他说，不去做，良心就被狗吃了。

实在想不到办法的徐翔以乡长的身份实名在温州本地一个很火的论坛发了一个帖子，附上他用手机拍下的孩子们正在吃的饭盒里的霉干菜，他在帖子里诚恳地呼吁社会上的爱心人士帮帮这些孩子。

这篇帖子当时引起了很多转发，很多好心人捐款捐物，去学校看这些孩子，筹集的善款能够保证孩子们至少吃5年营养餐。我问他，是不是因为这件事做得好对他后来到岩坦升任镇长有作用？他苦笑，事实完全相反，因为当时他以乡长身份发帖求援，引起了周遭官场的很多非议，他的上级领导批评他这么做暴露了政府不作为，甚至有人说他这样做是为了自己出风头。

其实这些后续的影响他在发帖之前都想到过。当了十几年公务员，他对周遭政治生态太了解了，他只是一根筋地想要为孩子们做成这件事，一根筋到不计个人后果。他说管他呢，每次他到西岙小学，校园里的每一个孩子都认识他，见到他都响亮地喊一声“徐叔叔好”，他说这就值了！调离西岙时，他跟村民们告别，深深鞠了三个躬。他埋下头时听到有人在人群里高喊了一声“人民的好公仆！”他抬起头时泪流满面，他说这就值了！

一个“六一”节，爱心人士相约一起去给孩子们过节，邀请已经不是乡长的徐翔回去参加。活动中，徐翔无法用语言表达对这些好心人的感谢，他觉得自己无能，是这些好心人帮他兑现了对孩子们的承诺，他无以为报，当众给这些好心人跪下谢恩，这一跪，他不是以乡长或镇长的身份，完全是他个人的答谢。离开一年后，有个朋友去西岙玩，给他打电话：“徐翔，你可以啊，居然有人给你立碑了。”他一头雾水，不知道咋回事。今年春节他抽空回了趟西岙，看到了村民为他立的那块石碑。那天晚上，如果不喝醉他可能不会提起这段往事，整个采访过程中，他几乎只字不提个人的功绩。他有个上初中的儿子，他说，他可以理直气壮地跟儿子说，你爸是个好人，这就是他觉得人生中最痛快的事。

徐翔认准要干的事，总会用一股“豁出去”的劲儿去做，为了屿北古村的保护开发项目，他又一次“豁出去”了。其实从名利的角度，他有着在另一些人看来“更好的”出路。

他有一个经常拿他的穷开涮的姐姐，姐姐和姐夫在广州和越南有几个亿元规模的大企业，特别需要身边有个可以信任又有能力的人帮他们，所以也常劝徐翔干得不顺心就辞职跟他们做生意去。徐翔也是家族里唯一从政的人，他说，姐姐经常敲打他，千万不能收老百姓的东西，绝对不能贪公家的钱，你缺钱姐给你。

问他为什么受着委屈、顶着压力天天不着家地干一个小镇长的活？他答了三个字——成就感。他说这个平台是多少钱都买不来的。他让300多个孩子因为他的努力吃上了有营养的一日三餐，这就是成就感，他说如果能把屿北古村的项目干成，不光解决屿北村村民的实际困难，还能撬动整个岩坦镇的经济，这也是成就感。做生意是没有机会体会这种成就感的，虽然过程是痛苦的，如破茧重生般。

这个片子做得既顺又纠结，顺是因为我们碰到一个相互信任、彼此相惜的采访对象，他对我们不设防，愿意让我们看到基层干部最常态的样子，最真实的自己。他向我们坦露心声，甚至把跟我们聊天也当作自己解压的一种方式。我的直接领导，地方记者部的申勇主任在浙江挂职过一年，第一次审片，他说看到徐翔特别亲切，“是典型的浙江基层干部”。申主任挂的是杭州市萧山区委常委、副区长，徐翔遇到的权责不对等又想做事情的两难处境估计他曾感同身受。腊月二十八，我们第三次去岩坦镇补采，申勇提醒说，采访他的时候多想想我们自己，其实徐翔的处境可能我们每个人在自己身上都能找到投影。

把好故事讲好

美国的罗伯特·麦基有一部经典教材，叫《故事：材质、结构、风格和银幕剧作的原理》。书中有这样一段话：“仅有对好故事的爱，对被你的激情、勇气和创造天才所驱策的精彩人物和世界的爱，还是不够的。你的目标是要把一个好故事讲好。”

什么是好故事呢？好故事就是值得讲且世人也愿意听的东西。“值得讲”就是好选题，选题好未必就是一个观众爱看的好故事。所以，发现了一个好选题，我们需要做的是把好故事讲好。在“讲好”上我们还需要不断追求，不断反省，不断学习。记者从事的工作往简单里说，其实就是讲故事。麦基说：“我们为世界创造的，世界要求于我们的，是故事。现在如此，永远如此。在故事之前，我愿先成为一名匠人。”

每一次采访，每一个选题都要把自己重新扔回起点，过程是否一帆风顺好像跟年龄和经验关系不大，如果一个片子没有经过纠结、辗转反侧、否定再否定，总是过不了自己这一关。我们为了这个片子不断苛求自己，其实不也跟徐翔一样，是为了找到属于我们的成就感。

我最想分享的其实不是具体某个片子的技巧，不是采访手法，我最想分享的是作为一个老记者（前几年还可以觍着脸说自己是年轻的老记者，现在必须面对年龄的现实，把年轻两字去掉了）对做片子的着迷和越来越加重的敬畏之心。

戴晓微是这个片子的另一位主创，他比我大四岁，入央视比我早，算是比我更资深的老记者。来浙江站之前，他在欧洲站驻站4年，再之前他在著名的《足球之夜》栏目当主编，他说欧洲没有走基层，回到国内记者站有走基层，特过瘾。从第一次去见徐翔，到后来三次去岩坦镇采访拍摄，我们一起合作，一起感受，一起碰撞想法，包括采访结束一起跟徐翔喝大酒。有时候越是懵懵懂懂的状态下，越是你觉得自己对这个事不太懂、不太熟的时候，你越能做好一件事，因为你敬畏它。你把自己当成个小学生时，你反倒能做好一件事。

有一次晓微突然给我发微信，我们互捧臭脚，不过他说的一句话我相信一定是认真的。他说："谢谢你，谢谢浙江站，让我重新找回了做记者的感觉。""做记者的感觉"，这句话我经常翻出来回味一番，这是一种百感交集的感觉，同时让人着迷。当我们已经经历了很多，做了很多个片子，采访过很多人，被重视过也被忽略过，我们似乎精彩过又似乎什么都没有过，在这样的时候，你还能不能保持一颗单纯的心、一颗敬畏之心，去认真地对待你贡献给央视屏幕的这几分钟片子，这也是所谓的不忘初心吧。

最后想说的是，这个春节感谢我的同事们，感谢每一个出现在屏幕里感动了我们的普通人，还是忘不了这些镜头：那条从飞驰而过的车厢窗户缝里塞出去的红围巾，那个站台上因为和女儿团聚时间太短话都不知从何说起的老两口，那个茫茫雪地里跋涉8天被在部队当教导员的丈夫用围巾把头裹住一把抱住的军嫂……

这7天，我们讲了“另一类”他们的故事，不是那些怎么奋斗当上了NO.1的“他们”，这次几乎所有的主角无一例外都是普通人，我们看到的只是他们在怎么活，他们在困难中的坚持，他们在生活中简单朴素的执着，这些面孔和故事拼在一起就是中国人的活法。包括徐翔在内的所有“拼在基层”系列的20多位主人公也在其中，这些普通人不因卓越而打动我们，打动我们的恰恰是他们的普通，他们不仅仅是他们自己，他们也是你、也是我。感谢这些普通的中国人，他们温暖了这个春节，温暖了我们，散落在中国各个不起眼角落里的他们，是支撑起这个国家的力量，是中国人的精神。找到他们，把他们的故事告诉更多人，是我们对这份职业热爱的源泉。

写于2015年2月

【未完待续】

没想到徐翔会再次出现在我的话筒前，更没想到的是，这次我俩见面的地点是一个近乎被灾难摧毁的村子；不变的是，他还把我当朋友。这次采访，与其说是我在提问，不如说是他在向一个信任的人倾诉。

2019年8月，超强台风“利奇马”登陆浙江，这是新中国成立以来登陆强度排名浙江第三的台风，也是我在浙江驻站9年遇到的最大的一次台风。那天下午两点，我在站里值班，指挥前方几路小分队，本以为台风登陆已经13个小时应该算一切太平了，突然接到线索说，有一个地方遇难13人，还有20多人失联。我从椅子上几乎弹了起来，看着零零落落的几个人（因为大部分记者和摄像已经在两天前被派往沿海一线“追风”），喊了一句“走，跟我走！”继续通过多方信源了解到这个有30多人死伤的地方居然就是徐翔所在的永嘉县岩坦镇，我马上给他打了好几个电话，但都无法接通。永嘉融媒体中心的有关负责人在电话里跟我说：“你直接去吧，徐翔已经两天没合眼了，他压力特别大。”一路上，我一边联系参与救援的武警、消防和永嘉台记者，了解最新进展，一边还是很担心徐翔的情况，以我对他的了解，面对这个事，他过不了的一定不是任何别的坎儿，他过不了自己内心这道坎儿。

到达之后，发现进入山早村唯一的一条通村公路，从村口开始有十几公里长的一段都被洪水严重冲毁，车辆无法进入。我们跟所有救援人员一样，把车停靠在已经被交通管制的高速公路边，徒步通过山间小道进村。这个时候天已经完全黑了，大山里唯一的亮光是进进出出的救援人员头顶上的头灯发出的。

一进村口，我被现场震惊了，特别想哭，在天灾面前，人显得渺小又柔弱。利用消防临时支起的探照灯，救援还在进行，一档档连线、采访，我们工作结束时已经深夜12点，此时，徐翔的手机已经能打通。他的声音疲惫到极点，他说他就在村里的救援指挥部，但是在第一拨进村救援时把脚扭伤了，实在走不了路。我们在撤出村子的时候，其实也已筋疲力尽，但我还是跟大家说，咱们先去看一下徐翔。

见到徐翔，他艰难地撑着桌子，缓缓站了起来，拖着步子向我们走来，形容枯槁，背也驼了，眼睛里全是血丝，之前每次见他，他都很精神，现在判若两人。

我迎上去给了他一个拥抱。把他扶到一边后，我们面对面坐下，我知道他一定会原原本本地跟我讲灾难是怎么发生的，救援是如何展开的……就是在这次交谈中，他讲述了村支书的故事。村支书是第一个给镇里值班的他打电话求援的人，自己的老母亲也在这次灾难中被大水冲走，遇难，但是村支书马上加入救援队伍协助镇里和外面陆续赶来的救援力量展开救援。

说到自己时，徐翔说，很多人关心他、安慰他，而他自己不在乎这件事之后是不是会受处分，或者会被降职，他只是充满了自责，他说他对不起这些村民，对不起他们，遇难的人里面还有孩子……说到孩子时，徐翔忍不住了，哭了起来。我按着他的手，告诉他，这个时候不要想这些，不能让自己软弱，几百人的救援队伍还在村子里，救援还等着你们。

我们在另一个有住宿条件的村子住下时已是凌晨两点，特别特别困，可是我睡不着，脑子里一直在想两个场景，一个是那个眼睁睁看着母亲被洪水冲走紧接着投入救援的村支书，另一个就是徐翔的哭。跟他聊过后我才知道，这条通往山早村的山间小道是他带着第一批救援人员找到的，这是一条生命通道；他带车在封道的高速路上冲卡，说了句，“我是岩坦镇的党委书记徐翔，我现在去救人，所有后果我来承担”。就这样抢出了时间，他们第一次进村救出了15个村民。这些场景一直堵在我心里，我告诉自己，第二天一早进村后，无论有多忙，直播连线的任务有多重，我必须要把这个故事拍下来。这个山旱村救援的故事在第二天晚上的《新闻联播》里播出了。

经常有人问我选题是怎么找到的？比如新疆的皮里村，这么偏僻的地方我怎么会知道？因为我跟皮里村的孩子先成了朋友，是他们告诉我从学校到自己家的路有多难走。为什么我能成为第一个发现村支书故事的记者？因为通过采访，徐翔与我成了朋友，他在非采访状态下告诉了我这个打动他，也激励着他的真实故事。

这也是驻站的优势吧，能与采访对象在生活的某个拐角处偶遇，能融入他们生命的记忆中，他们的逆境、顺境跟你都不遥远。

王澍：留住有烟火味的乡愁

很多人说乡愁是个人化的记忆，我倒觉得乡愁是可以共享的，这是摆在整个社会面前的一道必答题。留住谁的乡愁？

请回答

王澍烟抽得很凶，一根接一根，摄像机对着他的时候，他会克制一下，但实在忍不住了还是会偷着来一根，但抽完一口会自觉地马上把烟头朝里冲着手心藏起来。除去这个习惯，王澍再没有其他愿意“配合”媒体的举动。于是，我发现所有采访王澍的片子，不管是新闻还是专题，几乎都没有带着王澍的“空镜”，比如他在工地上走一走、指一指设计图、抬头看一看等这些需要他“配合”才能拍到的“空镜”。徐梦（曾在浙江记者站工作过的一位女记者）之前采访过两次王澍，最近的一次是2014年“五一”劳动节期间，当时台里策划了一个特别报道——《奖章背后的故事》。徐梦说，说服王澍费了好大劲，首先他觉得自己不属于劳模，跟“五一”劳动节没啥关系；其次，他不愿意拿着那块让他一下子成了大众名人的普利兹克奖章接受采访。徐梦说，后来她急了，她替他拿起那块奖章问他，你喜欢它吗？执拗的王澍挤出了一句话：“我喜欢它，是因为它小小的、很朴素，不容易让得到它的人骄傲。”这句话有味道极了。

没见到王澍前，我就料到这个采访不那么轻松。好在他喜欢我们这个系列的名字——《留住乡愁》，所以他愿意在我们的节目里首次说一件他没有向媒体公开过的事情，一件他眼下以及未来的10年、20年都将投入的“重要的事”，这事很急迫，“再不做就来不及了”。采访一波三折，时间和地点一直定不下来，不是他架子大，而是因为他实在太忙了，而我们给他选择的时间太局促了。对我们的挑战是要用一个安静的心态去操作一个急活，“乡愁”这种话题心浮气躁不行，急功近利也不行，得进去，品它的味道，自己得先爱上这个选题。

2013年11月，我怀孕7个多月的时候，挺着肚子去了一趟宁波，之前因为工作出差，去过很多次宁波，这次去专门为了一件事——去看王澍设计的宁波博物馆。那天参观的人不多，当时我并不知道王澍建宁波博物馆背后的故事，也不知道这就是王澍用得最得心应手的“瓦爿墙”技术，只觉得这个跟城市格格不入的庞然大物让人有亲近感，让人愿意去接近它，抚摸它的细节，被组成它身体的那些旧瓦片感动。那时候对于建筑完全是门外汉的我，并不知道建筑是怎么做到的，它会在你的身体里调动出怎样复杂的感受，也不知道其实建筑是会“说话”的。直到这次采访王澍，我才找到答案。

第一次跟王澍见面是在西湖边，他的爱人陆老师推荐的一个茶馆，好喝、不贵，40块钱一壶好茶，就着西湖景可以品一下午。王澍直入主题，讲他的修复乡村计划。他修复的不是“古村落”，而是“老村”，他避开列入保护名单的历史名村，专门寻找遗落保护名单之外的村子。他说这些半新半旧的村子最有潜力，为此他带着中国美院建筑系的所有学生进行了5年的实地调研，一个村子一个村子去走。调研后王澍发现，很多村子都和村民一起变得“不城不乡”。

富阳有一片不大不小、不穷不富的村落，这里在变化。有人盖了金光闪闪的“土豪别墅”，有人遗弃了老屋搬到城里去了。老房子虽然破败了，但还好没有被推倒。它是城镇化道路上很多跑在前头的村子的昨天，也是一些更封闭、更传统的村庄的未来。这种八百年没出过一个名人的最普通的村子，就是咱们每个人闭上眼睛就能浮现在脑海中的自己爷爷奶奶家的村子。村里的房子没有贴上白瓷砖，或者加盖亭子，也没有金光闪闪的大铁门，抛光抛得像镜面的水泥地。那里的村子还保留着村子的生活方式。

我终于明白为什么宁波博物馆让我觉得亲切，因为它的材料就是农村老房子拆下来废弃的老砖老瓦。

王澍说，很多人一开始不理解这个用“脏材料”建造出的建筑作品为什么会得国际大奖。“传统村落里有一个很重要的东西，这里面是有价值观，有道德判断的。”王澍眯着的眼睛即使藏在眼镜片后面仍能放出坚定的光，他的表达很容易对倾听者形成一种压迫感，可能是因为他讲话时总带着那股倔强的劲儿。说老村，那我们一定要去老村，让王澍在老村里说他的宏伟计划。可在我们给出的短短几天采访时间里，陆老师一开始给我们的答复是“肯定不行”，因为王澍在去南非开会前每天都安排了推不开的事情，幸好徐梦之前的几次采访已经跟陆老师“泡”出了情谊，我们要来了“尽量争取”这个不好不坏的消息。

王澍这个修复老村的计划还没有媒体报道过，所以想在干等的时间里上网查资料都办不到。不行，干等不行，我们先去他要改建的村子找找感觉，看看他所说的“有潜力”的普通老村到底有什么好。

富阳大溪村，五个改建老村中的一个，比我们想象中还要破败。可姓王的村支书跟我们说，破败的年代并不久远，也就是从几年前才开始的，很多人搬了出去，房子没人住，村子“老”得很快。

在村子里我们遇到一座有人住的老房子，一对80多岁的老夫妇，周围的邻居都搬走了，见到我们来家里特别热情：切西瓜，端出刚煮熟的小土豆给我们吃。奶奶还把85岁的老伴从被窝里揪出来跟我们聊天。爷爷说，不光他弟兄四个出生在这里，他的爸爸、爷爷、爷爷的爷爷五代人都在这幢老屋里生活过。他们对这个老房子有感情，觉得这里好，但屋子漏雨了，老人修不动了。

终于等到王澍的档期，他去富阳一个叫文村的村子实地考察，准备选择这个村子进行改造实践。我正采访着王澍，一位奶奶突然蹿出来闯入我们的镜头，挡住王澍说了自己对老房子的留恋，对于老人来说，房子不仅仅是安身之所。王澍跟奶奶说，“我把老房子留下，把房子里面修好，做个卫生间，让您住得很舒服，等我修完了，您再重新选择，看选择去住新房子还是留在老房子，好吗？”王澍说，他反对阻碍发展的保护，不做让城里人周末度假用的假古董。于是，我在稿子里写下这样一句话：“让老人们继续生活在这里，让离开的人们愿意回来，王澍最想修复的其实不是老村，而是老村里的烟火味。”乡愁，有烟火味的乡愁，才是“活着的”乡愁。

文村、大溪村，已经开始启动老村修复的工程，然而以他一己之力留住浙江3万个村子中的1万个，不切实际。王澍说他不想仅仅把这个项目做成一个样板，这项工作他会一直做下去，不会停，也停不下来。而他也希望自己的做法能为执政者开辟另外一种思路，展示另外一种方法，在大拆大建的新农村建设热潮中，他认为是可以另寻出路的。

无论说什么，王澍一开口就有股桀骜不驯的劲儿，陆老师在旁边，像一杯不断加入苦咖啡的牛奶，他们夫妻俩的融合就成了拿铁，够劲，又不那么猛。几次见王澍，他总是一身最简单甚至廉价的黑色圆领T恤。王澍没有手机，也不会用手机，更不会上网，作为建筑师，他甚至不懂怎么做CAD（计算机辅助设计），中国美院象山校区一期的CAD还是他窝在西湖旁一破烂小别墅里画出来的。他有自己的固执，坚持以铅笔作图。“我一向认为我首先是个文人，‘碰巧’会做建筑”，王澍这样定义自己。采访结束，他们夫妻俩在他们常去的美院茶馆请我们喝茶。席间，王澍因为烟抽得太多咳个不停，瘦弱的陆老师默默地走到他身后，两掌交叉，在丈夫背上狠狠捶了几下，帮他顺气，但却并不阻止他继续从烟盒里捏出下一根烟。茶上来，我们众口称好，而王澍笑着说：“这茶一般，最好的茶在我家里，只有陆老师亲手泡的茶才最好喝。”这对夫妻对彼此爱的表达既内敛又无处不在，真好。

说说我的乡愁吧。因为父亲是军人，从南到北，几十年间举家迁移过几次。在部队大院出生长大，我从小最困惑的一件事，就是故乡在哪？直到父母把我带到江浙老家，典型的江南农村。

外婆家开门见稻田，房后有条小河，门前有棵跟我们一样年纪的柿子树。外公老了，爬不动树了，就"发明"了一个可以把枝头的柿子完好、精准摘取下来的竹竿，院子里那把修修补补几十年的藤椅比任何真皮沙发都舒服，只要晴天就坐在院子里晒太阳，亲戚邻居相互走动，一抬脚就到了舅舅家。七八年前，村子突然整体拆迁，那片地被新建的开发区征走，村民们统一搬进镇上新建的小区里。老房子和房后的小河没了，柿子树和老藤椅也不见了，小时候困扰我的问题又出现了，故乡在哪？

作为记者，我希望通过我们的节目把王澍修复老村的理念传播、放大，让更多的人知道；作为个人，我希望更多的老村能在王澍的手下留存、复活、重起炊烟，希望跟我一样缺乏归属感的一代人有个可以思念的地方。这种念想日益强烈，尤其是我现在有了女儿，我总会想，等她长大，她会不会也会有妈妈小时候的困惑，故乡在哪？很多人说乡愁是个人化的记忆，我倒觉得乡愁是可以共享的，这是摆在整个社会面前的一道必答题。留住谁的乡愁？你的，我的，也是这个国家、这个时代的。

写于2014年9月

【未完待续】

因为这次采访，我们和王澍之间建立起了信任。三年后当《中国人的活法》的导演陈竹强让我推荐人选作为第三季的主人公时，我第一个就想到了他。那年刚好王澍的新书《造房子》出版了，我一口气买了5本，送了陈竹强一本。看完这本书后，陈说，就是他了，拍！因此我也又有机会采访王澍。每个人都像个多棱镜，有很多面，王澍说自己是个文人，碰巧做了建筑。作为建筑师的王澍更被外界熟悉，而这次纪录片里的王澍，我们关注的是他作为教育家的一面。王澍是获得过普利兹克奖的建筑师，他也是中国美院建筑学院的创始人；王澍造了很多有影响力的房子，建筑学院创建的十年里，他带出了一拨又一拨学生。他给大一新生上的第一堂课会讲什么？这座由他掌门的建筑学院会有哪些特别之处？王澍这个多棱镜的这一面也非常有故事。

而三年后再见王澍，在我看来，最大的改变是他戒烟了。而这一次我们的镜头更深地伸进了他的生活，深夜12点，我们跟他和陆老师一起到杭州萧山机场去接他从美国放暑假回来的儿子，在出口频频看表、焦急等待的他，不是建筑师，也不是教育家，而是一个普普通通的父亲。

对我来说，最大的改变是多了一个习惯——写毛笔字。王澍每天再忙都会抽出一小段时间写毛笔字，他说这是做功课。我理解这就是日常生活中的修行吧，跟功利无关，每个人都需要一种让自己禅定的形式，写字也许是其中的一种。

何盈和女儿（摄于 2019 年）

【誓言】杨善洲

我从整个采访过程中收获到的、遗憾过的、思考的、内心澎湃的种种都已经在片子交出去之后留在了我心里，片子完成之后它将有它自己的命运，而我获得的远远大于那些付出的。

摘掉标签

一个人的旅途最适合阅读，来北京的高铁上我读到这样一段话：“我深信最伟大最高尚的创作动机应该是出于‘关心人’，对‘人’本身的终极关怀——关心人的情感，关心人的精神世界。只有这样的作品才能成为历史的记忆，把那些曾经存在于人类生命中的珍贵情感和价值永远地保留下来，帮助我们了解我们是谁。”

我曾在朋友圈里表达了我自己对于《誓言》这个系列巨大的心理落差。这是我第一次对一个选题有抵触情绪，听到这个系列的策划之初，我想这是要把那些老典型们搬出来，再当一回我们宣传的工具吗？后来我完全转变了，片子传回去之后，我在手机的备忘录里记下这样一段话：“你有没有祝贺过你自己？即使领导没有表扬，甚至片子没有播出，我也祝贺我自己。我也感激有这个机会采访杨善洲，因为我从整个采访过程中收获到的、遗憾过的、思考的、内心澎湃的种种都已经在片子交出去之后留在了我心里。片子完成之后它将有它自己的命运，而我获得的远远大于那些付出的。”

一次采访是一次相遇，是你走过的一段路，爬过的一个山丘。作为记者，我们的人生注定有一点点与众不同，是别人的精彩和不凡充盈了我们。

是什么让我们不相信了？

为什么我们的典型宣传很少能打动人？是什么让我们变得不相信了？我电脑里有一个文档叫杨善洲采访日记，采访那些天，每天早上我都会很早醒来，用日记的方式只言片语地写下自己的思考。

摘录其中的几段：

片段一：2016年5月12日星期四，在被窝里突然想到的。

杨善洲是个有很大知名度的优秀干部，然而知名度不代表人们真正“认识”他。很多优秀典型大家“知道”，但并不真正“认识”，还是那句话，我们要做的就是，让模糊变清晰。

片段二：2016年5月15日星期天，早上6：30。

昨晚跟欣蔓搜出所有过去宣传杨善洲的片子，目的就是想看看那些宣传报道我们自己看了会有哪些感受。我们觉得有哪些地方打动不了自己，或者觉得哪些环节是让我们质疑的地方，这一次我们要直奔这些过去的宣传报道中的裂缝去，把这些让人觉得想不通、不可信的地方亮出来，再去寻找答案。以前的记者可能也是在出发时，就抱着宣传重大典型的想法去的，我要去挖掘他那些感人的事迹，这些片子看上去总觉得夹着生，不假，但生硬，这种生硬是让人不觉得被打动的症结所在。我们作为记者，如果在宣传典型，尤其是在宣传重大典型时，换一种心态会如何呢？

不能因为这是党的重大典型，要宣传他就违背常识，也不能因为这是重大典型，就违背人性。

片段三：2016年5月17日星期二，保山兰都酒店。

昨晚跟他们聊了这两天我和欣蔓看了那么多材料之后，对怎么做这次片子的想法。其实我们这一次就是想弥补过去宣传中的遗憾，改变重大正面典型报道中只简单罗列事迹，简单堆砌细节，堆砌所谓的感动点的方式，要带着质疑、好奇、探寻的心态去做这类题材；形式上也一样，用追踪的感觉去结构；另外，要人证、物证俱全，用史料说话。

片段四：2016年5月20日星期五，保山兰都酒店。

我们要反思，反思我们做这种优秀典型人物时的固有模式，这样做，这个人物真不起来，不真就无法触动人心。不知道我们这次还有没有时间做大的调整，我们要努力还原一个真实的老爷子。

翻看我当时的采访日记，可以看出那时候我主要思考的就是两件事：反思和弥补遗憾。

所以说，夸人也要“较真儿”。从质疑出发，最后达到不容置疑。我们选取的故事都是从自己对这个人物的质疑出发。采访，其实就是在寻找答案，找到了答案，就诞生了触动人心的震撼。

回归平凡中再见到的非凡

我数了一下，杨善洲上过至少10次新闻联播，《焦点访谈》《感动中国十大人物》都做过，《身边的感动》做了7集，杨善洲事迹报告团在全国巡讲过，拍过电影，拍过电视连续剧，这样的典型人物怎么做？

我的体会是，最熟悉的人也要找到“陌生感”。对重大典型人物的宣传一定要努力寻找人物身上的“陌生感”。重大典型人物的陌生感是什么？是他作为普通人的那一面。非凡的人的陌生感是他平凡的那一面。反过来也一样。杨善洲的资料很多、故事很多，怎么去取舍，其实我们用的就是这个标准——陌生感。

杨江勇是杨善洲的三女婿，他的电脑里存了很多东西，都是媒体这些年宣传老爷子的节目，比任何电视台的资料都全。我看到有几段视频没有标题，杨江勇说：“这些没用的，是我自己拍的，拍得也不好，你们用不上。”然而，这几段“没用”的素材是我看得最认真的，也是最打动我的。这是杨善洲临终住院期间，杨江勇在医院拿家用DV拍的，画面确实晃晃悠悠，一点不专业。视频里，老爷子躺在病床上，旁边坐着大外孙、老伴、女儿、女婿和好几个外孙，还有其他亲属，一大家子人挤满了一屋子，有些人围着一张小桌子在吃饭。我看着这段视频，心里很难受，不是因为一个党的重大优秀典型去世而难过，我想起了我奶奶、我姥爷去世前的场景。我们看了太多杨善洲在镜头里的高大、非凡，当时我就想，我一定要在我们的片子里用上这段视频，因为在这段视频里杨善洲不是高大的典型，他就是一个普通的老人，一个爷爷，一个父亲，一个丈夫，这是每一个普通观众都能感同身受的痛苦。只有他临终住院的这50天他才享受到早就应该享受到的天伦之乐。我看到视频里家人站在床边给他嘴里喂月饼，我问杨江勇，这天是中秋吗？他说，是的。这个老人连春节都很少跟家人团聚，别提中秋了。我问杨江勇这是不是老人跟他们过的第一个中秋节，江勇也说是。然后我就开始在手机日历上数日子，数到10月10号老人去世那天，正好是18天。后来，我写下这样一段解说词："家人特别让老人吃了一小块月饼，因为这一天是中秋，这也是几十年来老人跟家里人过的第一个团圆的中秋节，18天之后，老人走了。"

"只有感动了自己，才能感动观众。"这句话听得太多了，真的感动了自己，要想感动观众其实还有一段路。情感被调动起来后，最难的是克制。只有克制的表达才能做到感动观众。内心越炽热，情感越浓烈，表达越要克制。

还有每一个普通观众都能理解的感情——体现在了最后对那块"表"的表达上。这是完全出乎我意料的一个采访，没有任何一篇报道里出现过这块手表。有这个发现其实是因为我们想解开那个谜，杨善洲跟老伴之间到底是怎样一种情感。采访时我就问了三女儿一个问题，我说，可能老人之间有他们自己表达情感的方式吧？然后三姐就给我讲了手表的故事。

三姐接受过很多次采访，每次重要的嘉奖活动也是她代表父亲去参加的，我不知道为什么之前所有的报道里都没有提到过这块表，是她没有跟其他记者讲过，还是没有人问过她？这次我对三姐的采访，特地选在了她家里，这里也是杨善洲生前最后一段日子住过的地方。很普通的一个老小区，20世纪70年代盖的楼，家在一楼。因为是老房子，窗户小，屋子采光不好。因为前几天的拍摄已经跟他们很熟了，所以虽然我们拎着摄像机进门，但不像是记者去工作，倒像是去朋友家串门。三女婿杨江勇带着我们每个房间转转看看，很自豪地介绍他亲自改造的一个采光好的房间，这也是这套房子里最明亮的区域。跟着他走走聊聊，摆好摄像机，打好光，一切都是那么自然有序。我问的声音不大，三姐回答的声音也不大，就这样聊起来。三姐就是这样跟我讲起这块表的故事的。她说其实母亲很理解父亲，他们之间感情很深。父亲走了之后，母亲只要求留一样与父亲有关的物件儿，就是一块父亲戴了一辈子的手表。三姐说，老太太一直在农村生活，不识字，也不会认表，但是父亲的这块表母亲一直戴在手上。后来这块表坏了，不走针了，母亲还是一直戴着，没摘下来过，直到她离世。

情难自持，我很想看看这块表。三姐说她一直保存着，给我们拿了出来。摄像杨波专门拍了这块表，拍了两个小时。我在宾馆里写稿子，奇怪他怎么拍一块表要拍这么久，他回来给我看素材的时候，我懂了。家里有一幅老人的遗照，杨波发现这张照片里的杨善洲手腕上正好戴着这块表，杨波用了一个长镜头，从戴着这块表的手摇到了实物的表，又摇到两位老人的一张合影。镜头是带着感情的，杨波用这个长镜头讲了我想在片子里表达的东西。

三姐给我讲这块表的同期我们后来直接用在了片子里，中间没有剪任何一帧。故事是前面讲的是怎么种树，怎么为官，最后才是这段与家人之间的“感情戏”，我不是为了简单地煽情，而是为了表达，一个好官的背后一定有一个好的家庭，他付出的背后，是一个家庭的付出。更重要的是，我们希望这一段有情感浓度的段落能让老爷子被感知，因为只有被感知才可信。

敢于对人物作出我们自己的判断，是我这次采访得到的又一个收获。杨善洲这个片子有一个特点，就是作为典型报道，我们没有对这个人物作出评价，全片没有一句同期声是在评价他。其实当地设有杨善洲精神研究所，中央党校也有许多专家能评价杨善洲，他们都能说得挺好，我们却有意避开这些结论，因为只有让观众看了片子之后，自己去下评论，才是最有力的。一个党的重大典型，被两任总书记点赞批示的大典型，直接让专家来总结他的优秀，又直接又带劲，而我们偏偏不这么干，如果我们不这么干，我们就要敢于对人物作出我们自己的判断。

出现在片子里唯一“评价”过杨善洲的，就是他的老伴。老太太说：“他老实，他老实，我就喜欢他老实。”老太太说他老实。我们把这个老实放在片子快结尾的地方，这个“老实”显得特别有分量。对于这个党的重大典型，老伴的一句“老实”意味深长，“老实”这个最朴素的词一下子变成了对一个人最高的评价。

杨善洲一定是“非凡”的，但作为报道者，只有在回归平凡中再见到非凡，才能真正感染人。美国的传播（宣传）最大的特点就是“看不见”，他们认为，最好的宣传是让受众沿着你给的方向行进，而受众却以为是自己在选择方向。

好的节目要“刚柔并济”

影像说到底是一种情感表达，影像的天生属性是感性的，只有这样的表达才能吸引更多的人。但决定节目的厚度和质感的，不是简单的煽情，而是认识的深度。

杨善洲最震撼我的不是他穿草鞋、戴草帽，或下地插秧。而是他深入调研，并亲自动手示范。他以扎实的基层调研作为决策制定的基础。杨善洲身上被标上“草帽书记”“草鞋书记”的标签，这标签乍一听叫得很响，但经不起细推敲。表扬一个人时我们也要“较真儿”，否则，就是简单罗列这个伟大人物的非凡。调查报道讲究“链条完整”，在人物报道，尤其是重大典型报道时，我们往往容易忽视这一点。这都是两任总书记点赞的人了，只要说这个人好就行了呗，而且又没有捏造事实，说的全是真的呀，不用考虑报道链条完整的问题。就拿“草帽书记”“草鞋书记”这个标签来说，一个地委书记天天戴草帽、穿草鞋、下地插秧就是个好书记吗？首先，你信吗？其次，如果一个地委书记整天干一个村书记该干的事，我不认为这是个优秀的地委书记。较真儿之后，我们有了质疑，有质疑就去找答案。

作为地委书记，他要把重点放在全地区的头号难题上。当时，什么是保山的头号难题？让老百姓吃饱饭。全保山的群众没饭吃，怎么办？科技兴农。可科技人员培育出的水稻新品种在推广的时候老百姓不买账、不接受。而且，那时候用的插秧方法也不科学，随便抛，满天星。这样的背景下，杨善洲想了一招，开辟出几块实验田，不光自己下地，让县委书记、县长跟着农技人

何盈和摄像师杨波在农田中采访。杨善洲老书记去世多年后，再次提及他，老百姓还是有说不完的话。（摄于 2016 年　云南保山施甸县五楼村）

员一起种实验田。他还发明了“三岔九垄”的插秧法，我们采访时正赶上插秧的季节，在秧田里看到现在的老百姓还在沿用这种插秧法。他当时是怎么想到让全保山各级领导干部亲自种实验田的？我们不光找到了“人证”，还找到了“物证”。

杨善洲在1980年2月6日召开的保山地区农村工作会议上是这么说的：“各级领导干部学习掌握科学技术知识的有效方法之一，是亲自种试验田，领导农业生产的同志，能够在各种不同的土地上，亲自种出八百斤以上的小麦，一千斤以上的水稻和苞谷，六吨以上的甘蔗，两百斤以上的茶叶以及其他高产的经济作物和经济林木，指挥生产就有谱气了。”

这才是杨善洲穿草鞋、戴草帽、下地插秧的真正原因。但是，作为地委书记，他一个人的能量是有限的，地委书记还有一个重要工作，就是抓队伍建设，他怎么带队伍?我们去找他历年在保山全地区干部大会上的讲话，果然，他一直在向全保山地区、县、乡镇的所有干部强调一件事——到一线去!

【杨善洲同志在全区“四级农科网”工作会议上的讲话，记录稿， 1979年9月26日】

各级领导一定要亲自抓，努力学，自己去实践，摸出经验来就有领导权。为什么树栽在田边，树脚边的庄稼就长不好，道理很简单，有人就讲不清，怎能领导大增产。

【杨善洲同志在地区计划工作会议上的讲话要点，根据记录整理， 1981年3月2日】

有的所谓下乡，就是到县城走一走，下去跑一趟，汇报起来可以提出一二十个问题，但每一个问题是如何产生、发展的，应如何解决，却没有谱气。

【1982年4月3日 杨善洲在有关春耕生产问题的会议记录】

到县上、到公社不要找领导的麻烦，不是什么大事情，不要叫人家专门汇报，还是要实实在在地到群众中去了解，下楼梯一定要下到底，不要只到二台坡。主要领导不要超过三天就要下，包括我在内，下呀！天塌不下来，讲了半天就是一句话："下！"

做节目，我们必须操着总书记那样的心。特别巧，从浙江出发去云南之前，我鬼使神差地抓了本最新一期的《瞭望》新闻周刊在飞机上看，这一期的封面文章就是《再看从"调研开局"到"调研开路"》，讲了习近平总书记对深入基层调查研究、对干部深入群众的重视，举了他从浙江当省委书记至今这方面的实例。我们在保山档案馆查阅了20世纪80年代杨善洲的大量会议讲话记录，杨善洲30年前说的很多话跟总书记对干部深入基层的很多讲话是一模一样的，我读着这样的一份份讲话，才觉得震撼和触动，党的工作方法不是要创新，而是要回归啊，这些好传统真的是传家宝。也结合我自己驻站多年了解到的乡镇干部之苦，更觉得如果现在的地委书记都能像杨善洲这么干工作，党群关系、基层治理就顺了。这也是我们在这个片子里有意把杨善洲退休种树的故事压缩，把滇西粮仓的故事放大的原因。这样的老典型、老人物，我们要找到他们经历中有现实关照意义的部分，以史为鉴。

结构的力量

这是我第一次深刻体会到什么叫“结构的力量”。网上搜索杨善洲，有关于他的100个故事，去找第101个、102个故事很难。我们这集片子里有新史料，有老故事，怎么用？简单地罗列，依然是个老套的故事。

杨善洲的事迹像一颗颗珠子，每一颗都很漂亮，但串成一整条项链后，反而失色。“誓言”，是我们这次报道串起这一颗颗珠子的线。光有线也不行，要把新史料和避不开的老故事揉在一起，重新排列组合。要有讲故事的逻辑，一个片子，一定要让观众跟着你走，而不能刚一开头，观众就已经知道你想说什么了，所以要摆脱套路。

我们的片子是用三个疑问来结构的：为什么退休种树？为什么戴草帽、穿草鞋？为什么对家人铁面无私到有点无情？他真的无情吗？一个一个去找答案，大胆质疑，小心求证。

这些珠子摆放在不同的位置，会呈现出不同的力量。比如，入党申请书。没开拍前，我就想好了这个片子的结尾，就是这份入党申请书。人物的片子最难的是开头和结尾。我觉得对于这个片子来说，这份入党申请书也只有放在结尾才最凸显它的意义，才最打动人，而且老人一生清贫、朴实，这个结尾也最配得上他的朴实。

向影像致敬和摘掉标签

我们需要牢记的是，我们这群人手中的工具或者说武器从来不是文字，而是影像。很幸运，从2015年的731部队，到这次的杨善洲，我都有幸能和山西站的摄像杨波合作，一个记者遇到一个拍得好的摄像不是特别难的事，但遇到一个能跟你在对事物的认知上达到统一的摄像才是一份大惊喜。

这块手表播出后，很多同事发微信跟我说看哭了，我觉得是杨波的镜头惹哭了大家，这块表他拍了两个多小时。从手到手。我跟杨波合作发现他有一个习惯，从接到这个活的那一刻起，他就开始琢磨怎么用镜头讲故事。拍杨善洲，林场是我们的第一个拍摄地，杨波在去林场的路上说过这样一句话："我要让林子里到处都有杨善洲的影子，把每一棵树都拍成杨善洲。"他每一个镜头都是用这样的意识去完成的。作为干电视的人，我们要向影像致敬；作为记者，我们要向用这样的意识和状态创造影像的摄像致敬。

"摘掉标签"，这是我5年前一次演讲的题目。"摘掉标签"就是用我们的报道让每一个群体、每一个采访对象还原他本来的样子。我庆幸自己依然跟5年前的自己一样。其实所有的报道都是人物报道，而我们和采访对象的关系是什么样的呢？在我眼里，所有的相遇都是久别重逢。我们的采访对象都是慈悲的陌生人，短短的相处他们竟然愿意信任我们，以朋友甚至知己相认，所有因片子播出带来的欣喜都不及我和他们再次相聚时如老友重逢般的欢畅。节目做完一个月了，前两天，我收到杨江勇发来的一段微信，他说："近来我在想，为什么对你们这次采访会有这么深的印象，感觉就是与其他不同，答案今天总算有一点了，那就是你们没有把我当采访对象，而是我们彼此之间都是朋友，所以心里没有任何隔层，能平静平等地交流，探讨问题，你们因此了解到最真实的东西，写出了最感人的故事。"

上上周，视觉艺术部的吕牧带队去杭州拍摄G20宣传片，我请他去站里讲课，他最后说了这样一段话，他说："保持自己的创作热情，长久以往，你会经历三段历程：对拍摄过程的兴趣、对人的兴趣、对自己的兴趣。拍得越多，采访的人越多，你会发现拍到最后其实是在拍你自己。"

相信，是因为愿意相信。我们每做一个节目其实都是在净化或者丰富自己。平和专注、不计得失，时间会让我们收获很多。

写于2016年7月

II

「一起滚这个雪球」

真正能留在人们记忆里的节目，应该像那些长在泥土里的花，它可能不完美，带着虫眼儿，但它是长出来的，不是做出来的。

我怀念“走基层”。

有人评价我是中央电视台“走基层”的标杆，标杆不敢当，可能我更知道为什么要“走基层”。千万不要把“走基层”仅仅理解为是一种节目样态。

2011年央视最早启动“走基层”报道的那个策划会我还记忆犹新。会议由分管这项工作的新闻中心副主任杨华主持，她一贯的风格都是开节目会的时候先不说话，让大家畅所欲言，她认真倾听；还有一个特点，谈节目时她从不自视为领导，而把自己当作大家中的一员。

在这个会上，说实话，我们都不清楚“走转改”（走基层、转作风、改文风）的报道会是什么样的一种节目。选题方向呢？讨论了半天，好像也没有什么明确的方向。于是，让参会的记者报自己感兴趣的选题。而我就是在那个会上报了皮里村的选题，但应该怎么做？做多长？做了能不能播出……都不知道。

我记得我在会上也把自己这个担忧直接说出来了，杨华主任同意我去试试看。一个月后，7集《走基层·塔县皮里村蹲点日记》在央视新闻频道连续七天播出，反响颇大，而这个作品也获得了当年的中国新闻奖一等奖。

我想起在一个访谈节目里听到的一段话：“不知道”是一个非常好的答案，因为一旦你知道了，那就意味着有了限制，而当你不知道的时候，在这个世界上你就可以千变万化，有无穷的可能性。

从不知道怎么做“走基层”，到“走基层”开创了一个阶段，在那短短两三年时间里，一个个走基层报道“霸屏”央视的

很多人问我，拍摄时有没有用镜头“放大”沿途中遇到的艰险，我的回答是：其实最危险的地方我们拍不下来，看看这张照片就知道了，摄像师汪成健在悬崖峭壁间，经常双手双脚同时用上，只有腾得出一只手的时刻才有空去完成拍摄。（摄于 2011 年　新疆塔什库尔干塔吉克自治县叶尔羌河边的悬崖上）

乡干部带着孩子们翻过了最危险的500米大悬崖后，就要挽起裤脚，横穿几十米宽的激流了。刚刚历险的孩子们欢快地在河里溅起了水花，他们一路上面对艰险时的笑容对于我们来说也是一支“强心剂”。（摄于2011年　新疆塔什库尔干塔吉克自治县）

屏幕。“走基层”不是一种节目样态，它是一种价值观，一种方法论。该怎么当一名央视记者，我想“走基层”中你会学习到。

我们该崇敬那个并不遥远的年代，你会为自己是一名央视记者而感到无比荣耀，也因为“走基层”，你会理解什么叫受人尊敬的媒体需要一群受人尊敬的从业者。

技术手段的发达，节目包装可以越做越炫酷，但是有些“好看”的节目更像一朵塑料花，而真正能留在人们记忆里的节目，应该像那些长在泥土里的花，它可能不完美，带着虫眼儿，但它是长出来的，不是做出来的。

手里攥着一颗小小的雪球去滚一个最长的坡，不断地滚，不断地向上，它会越滚越大，当年的“走基层”就是这样一种感觉，我们很多记者都在一起滚这个雪球。

走基层·塔县皮里村蹲点日记

如果我是一个观众，我也会对皮里村的故事发表自己的看法和观点，但我是一个记者，我只能尽量克制，真诚地呈现。不扣帽子、不贴标签，留一个开放式的结尾，不唯苦，不唯远，只唯真。

用心去走

木布拉克夏、库尼、阿不都拉肯木、巴哈丽姑丽、布里布里、卡地拉克、艾米、胡买尔江……塔吉克族的名字没什么规律，不好记，可现在我可以一口气写下一大串。写下每一个名字时，都会跳出来一张或羞涩或顽皮或甜美的笑脸，一张笑脸对应一个名字，不过现在他们有了一个共同的名字：皮里村的孩子。

前天新疆台的记者来宾馆房间找我，临走前问了我一个问题："你这次走基层最大的收获是什么？"我脱口而出："认识了皮里村的孩子们。"这个刚参加工作一年的女孩愣住了，然后说："我真没想到你会这么回答。""那你以为呢？""我以为你会说最大的收获是这个节目播出后产生了巨大反响，那些孩子得到了很多人的帮助。"我正在琢磨自己的境界是不是有点不高，她接着说："你这个回答特别让我感动，你真的把他们当成自己的孩子了。"

蹲点日记的首播是每天早上7：00《朝闻天下》，7集日记，每天都是前一天一睁眼开始赶第二天要播的节目，一天做出一条10分钟的片子，这在以前是不可能完成的任务，这一次却做到了。每一集的稿子大多一气呵成，因为没时间细斟酌，所以写下的反倒都是自己最直接、最真实的感受。按照《走基层蹲点日记》的格式，每一系列的日记最后一篇都是蹲点记者自己出来谈采访感触。这最后一集感触把我自己难住了，当我坐在镜头前要说一段感触时，突然有些无语，因为我发现自己所有的感触都已经融进每一集节目里了。这条路上感慨、感叹的人和事太多，我只想老老实实地给大家讲故事。

这次最大的难度是语言交流。除了马尔洋乡党委书记郭玉琨，其他干部都是塔吉克族，汉语说得最好的武装部长萨旦，是郭书记的翻译，但是跟他交流深一点的东西就费劲了。皮里村的孩子们汉语说得并不好，特别是跟塔县小学他们的同班同学相比，语言能力差了一大截，可能因为住在县城或附近的孩子平时接触外界、接触汉语的机会会更多，而他们除了上课听老师讲汉语，下了课他们之间交流还是塔吉克语，放假回皮里村就把汉语彻底扔掉了。而我们对别人的了解需要从一“言”一“行”中去观察，因为“言”的障碍，这次需要我们更多地去揣摩他们的“行”，然后呈现出来。我从一开始就告诉自己，不要让我们的片子只是成了一个探险片，如果交流不了，就需要一路上体会和观察，光细致不行，需要用心。

第五集里，当我们跟孩子们渡过了一道道难关，走了整整两天快要到达终点时，我问了好多孩子一个问题。我想知道这些孩子需要什么，也许我们可以帮到他们。前面问了两三个孩子：“跟阿姨说，如果可以实现你的一个愿望，你最想要什么？”孩子们都愣住了，笑或者望向别处，再看看我，总之就是不回答。

我一开始以为他们不善表达，我接着找了跟我很熟悉的几个孩子，我想他们平时跟我交流不害羞的，他们应该会回答。结果还是一样，我突然意识到，不是他们不愿意开口，是这个问题对他们来说确实有点难。只有在我继续搂着他们的肩膀再问了两次："好好想想，没关系，如果说出来就能实现呢？"说这话时我心里也有点忐忑，万一孩子说出的愿望我们实现不了呢。

最让我心疼的是木布拉克夏的回答，他是42个孩子中年龄偏大的，而且路上一直照顾着我，我问他渴不渴、累不累时，他总是摇摇头说不渴不累，可当我问他这个问题时，他想了很久后说了一句，想要"一条好走的路"，又停了一下说，"这个路太难走了"。

那是我们一起走了一天累得不行刚刚歇下脚的时候，我太理解他为什么想要一条好走的路。一个我认为最坚强的男孩说出这个愿望，而且我感觉得出，他瞪着大眼睛在强忍着不哭。我怕自己表现得太软弱会让他更难过，也强忍着，搂了搂小伙子的肩膀，什么都没说。我答应他，如果说出来就能实现，可我真不知道什么时候能实现。

编片子到这一段的时候，我有两种处理方式，按常规直接把孩子们的回答剪出来，因为在一般的采访中只有说出来的内容才有内容，孩子们的回答：想要鞋，想要一条路，把这些剪辑成一组也会很让人感动。但是我选择把孩子们听完问题后的大段沉默、大段无语也放进片子里，因为那才是最让人心疼的。

片子里这一组沉默编完之后，我说："我们怎么也没想到一个对于城里孩子来说很容易回答的问题，却难倒了皮里村的孩子们，也许是因为他们从来没有要求过什么。”

在村子里的时候，我们住在孩子们家的土房子里，看着他们每天的生活，看见临出发前姐姐给他们把鞋子洗了，而在鞋子晾干之前他们只能光着脚满地跑；看见老二阿不都拉肯木挥舞着比他细细的小胳膊粗不了多少的斧头劈柴；看见老大木布拉克夏趁着天黑前帮爸爸把最后一块没犁的地犁完……当心里装着这样一幕幕场景的时候，我理解了孩子们被这个简单的问题难倒的原因，因为从小到大没有人问过他们这个问题，他们也从没想过有什么东西只要说出来就能实现。

再说说郭书记。在马尔洋乡工作9年了。干干瘦瘦的，饭量很大。塔吉克族的馕跟维吾尔族的馕不一样，不刷一点油，死面的，青稞面和小麦粉掺在一起，还有点沙沙的感觉。我一直以为磨出的原生态面粉就是这感觉，后来有人告诉我那是因为面粉里面有细细的沙土。馕得掰成小块泡在烫茶里，要不咬不动。

观察郭书记吃饭很有意思，他总是一副很享受的样子，从掰馕开始，动作就很认真，吃的时候也很投入，嘴在碗边稀溜稀溜地发出声响，像是在吃一顿大餐。这样的茶泡馕他一顿至少吃满满三大碗。吃饭的时候我爱坐在他的旁边，跟着他一起稀溜稀溜地吃，好像自己也在吃一顿美餐。

很多观众对郭书记的印象挺深，在最后一集我才有机会告诉大家郭书记自己的经历。他是位军转干部，我在新疆跑过很多地方，尤其在条件特别艰苦的地方跟一些人聊聊之后，我都会问：您以前当过兵吧？一问一个准。这次队伍里的小袁也是刚从部队复员分到马尔洋乡的。他们说，在新疆艰苦的地方的汉族基层干部大部分都是军转下来的，军转干部能吃苦。郭书记说他老家是甘肃定西的，父母都是老农民，老家人都羡慕他们家有个当书记的儿子。几年前他父亲来马尔洋看过他一次，在他住处住了半个多月，儿子的面没见到几回。每次儿子回来都是一身土、一脸灰，戴个草帽还晒得黑黑的，话没唠上两句，儿子的呼噜声就响起来了。临走前，老人忍不住了，问他，你当的这是啥官，咋比我种地还辛苦，干脆不干了，跟我回甘肃老家打个工也比干这个强。郭书记当笑话似的一边稀溜着碗里的茶一边跟我讲这些的时候，其实我挺难受。一路上跟着他攀悬崖、蹚冰河的时候，在村子里看着他一家一户苦口婆心地跟村民们劝学的时候，我也在想，他为什么愿意留在这里，仅仅因为在这里大伙叫他一声“书记”吗？

几天的朝夕相处，有那么几个瞬间印象特别深刻。他跟老乡跳鹰舞的时候，微微扬着头，挺得直溜溜的腰杆，特别是他跳舞时的笑容，是一种很享受的感觉。身边人再怎么起哄，他都不为所动地保持着那副微笑，像个专业的演员。

有两三个晚上饭吃到一半有人提议喝点白酒，郭书记总是来者不拒。塔吉克族喝酒时有个习俗，高高端起酒杯对众人大喊一声“豪西”，大家回“豪西”，然后一饮而尽。郭书记每次的“豪西”都喊得气壮山河，他悄悄对我说，这酒得喝，这是塔吉克的习惯，喝酒也是为了解解乏。于是，我们也开始把“豪西”喊得震天响。

我问郭书记，既然马尔洋乡的四个行政村的娃娃都得乡干部去接，为什么皮里村总是他带队？他说乡书记不算个官，可老百姓不这么认为，他们觉得书记亲自来办的事都是大事，他说话比别的干部有分量，孩子读书是最大的事，他得来。

一直给人硬汉感觉的郭书记也落过泪，是说起他妻子、女儿的时候。他说亏欠她们娘俩，说他感谢他的妻子。回到县城后，有一天他来找我，问我能不能重新录一段，说他那天说得不好，想重说。我不知道他指的是哪段，小袁悄悄告诉我，书记觉得哭了那段不好，万一播出去他妻子看了该难受了。

好多观众在微博上转杨禹老师的一个帖子："《走基层·皮里村蹲点日记》，很值得一看。今日中国，有开宝马的逆子，也有更多皮里村这样的孩子；有贪官，也有更多郭玉琨这样吃苦尽责的基层干部。"

可我自己更看重杨禹关于皮里村日记的第二条微博，他说："参加一'十二五'论坛，台上，著名经济学家、北大副校长刘伟对着我，也对全场观众说：'央视那个翻山越岭接孩子上学的报道，我连着看了，很感动。值得思考。'"我看重的是最后四个字——值得思考。我相信所有人都会感动，我更希望更多的观众像刘伟老师这样在感动之后去思考。像杨禹老师在最后一集结尾的评论中所说的："对这样的国情有了最深刻的认识，我们才有更多的、更明确的方向，更多的、具体的努力来化为行动，改变我们的中国。"

我给杨禹老师发私信说，如果我是一个观众，我也会对皮里村的故事发表自己的看法和观点，但我是一个记者，我只能尽量克制，真诚地呈现。不扣帽子、不贴标签，留一个开放式的结尾，不唯苦，不唯远，只唯真。真实记录、真诚面对。

很多人在网上发帖表示很想帮助皮里村的孩子们，有要买

走了一天后，晚上八九点，乡干部们吹起鹰笛，跳起鹰舞，一天的疲惫瞬间消失在塔吉克族的乐观中。（摄于2011年　塔县前往皮里村中途的无人区中继点）

鞋的，有要寄冬衣的，还有想去支教的。不过有一个小伙子的微博最让我触动，他贴了一张图片，是一个不大的包裹，上面的包裹单上用歪歪扭扭的字写着“塔什库尔干县马尔洋乡皮里村村支书收”，微博是这样写的：“包裹寄出去了，我心里好高兴，这是长这么大，我做的第一件有意义的事。祝福皮里村的孩子。”我想包裹里可能只有一双小鞋子，但这份礼物很重，不光是对穿上这双小鞋子的皮里村的孩子来说，还是对寄出这双鞋子的这个小伙子来说。这是他人生中做的第一件善举，他觉得帮助了别人心里很幸福、很快乐。也许，一颗关爱他人的种子就此种在了他的人生中。我不知道我们的节目播下了多少颗这样的种子，但我想，这也是《皮里村蹲点日记》最大的成就。

最后一集《皮里村蹲点日记》我们是带着依依不舍的心情做完的。我们为用一个什么样的方式结尾讨论了一番，最终大家统一意见，用孩子们唱的一首歌吧，因为这是我们听到过的最美的声音，如天籁般。大山太深，这歌声一直飞不出来，只有进去的人才听得到。用什么画面配这歌声呢？我们又一拍即合——用孩子们的笑脸！因为离皮里村越远，留在我们记忆中的不是路上的步步惊心，而是路上孩子们的笑。路总有一天会打通，村子的面貌会改变，而孩子们的乐观会帮助他们在人生的路上走得更远、更好。

那个采访我的新疆台的小姑娘还问过我一个问题，让我谈谈走基层该怎么走？这次我没有脱口而出，而是认真地想了一会，我说，是四个字，“用心去走”。

写于2011年10月

新春走基层·回家的摩托

跟拍的每个采访对象一脸风尘、一身泥泞推开家门那一刻，让我们意识到，采访的根本目的是为了认识社会、认识人。

撕开一个口子

从广东到四川，整整四天，起早贪黑，披星戴月，沿途跨越5个省，近2000公里，经历冻雨、迷路、翻车、疲惫……感受临走前的期盼，到家后的悲欣交集……每一辆摩托上都有一个故事。

我们希望讲述的故事不光跟摩托有关，不光跟春运有关，我们力求讲述的是一个关系近3亿中国外来务工者的每个个体的故事，用个体命运和个体表达也反衬这个庞大的群体。

我们与他们，相处半个多月，跟他们风雨同路，采访结束时，他们在我们眼里不只是一群回家的人，最触动我们的是，跟拍的每个采访对象一脸风尘、一身泥泞推开家门那一刻，让我们意识到，采访的根本目的是为了认识社会、认识人。因为任何改变，都得先从心怀诚意的“认识”开始，唯此，改变才不会错了方向。

跟拍《回家的摩托》时我身边一直带着一本书，每天披星戴月地赶路，全程记录式地拍摄，其实没有时间读书，带在身边更像是带上一份对自己的激励。书的名字叫《寻路中国》，一个老外记者写他眼中的中国。一直很不甘心，为什么他能把我们生活其中，以为很熟悉的“身边事”写得那么引人入胜又有血有肉，而故事反映的又是那么宏大的主题，故事讲的是改革开放以来中国所发生的最重要的变化。这本书探讨经济，追踪发展的源头，探究个人对变革的应对。它研究中国的核心议题，但并不通过解读著名的政治或文化人物来实现这个目的，也不作宏观的大而无当的分析。它相信通过叙述普通中国人的经历来展现中国变革的实质。

彼得·海斯勒这位《纽约客》驻北京的记者说：“我不会仅仅听主人公自己讲述，我会睁大眼睛，看着他们的故事在我面前一点点展开。”这句话我反复读了好几遍，心向往之，我开始在心里期待能再有一个机会，能进入一个这样的采访状态——倾听，然后让故事在面前一点点展开。

这次采访是带着明确的主题去的——用走基层的方式展现“摩托大军”这个春运中有点另类的回家方式。摩托大军这个选题不新鲜了，2011年在网络上被疯转的警车为摩托大军开道的视频，再加上地方台传回的一条条动态消息，还有媒体同行《东方早报》2011年已经做过的纪录片。

这一次我们怎么做？一开始一片混沌，直到认识了他们——“书记”、阿华、小黄，上路之前跟他们待了十天，一点点渗入他们的生活，去他们各自打工的厂子，观察他们的工作状态，去他们每个人在中山市租住的房子，了解他们工作之余的生活什么样，参加了几次他们的四川老乡聚会，在这个他们说“不属于自己的城市”中，让他们相互取暖的情感又是怎样的？我们想把采访做得细一点，再细一点。就如同两个陌生人之间从相识到相知，好奇，但不猎奇。如果猎奇，只需要关注这条回家路就足够了，而真正让我们好奇的其实是路的两端，一头是流光溢彩的城市，另一头是泥泞贫寒的乡村；一头是他们十几年的打工生活，另一头是他们虽然牵挂却不得不离开的家。后来在路上，我的想法一点点清晰。如果说摩托车是他们回家的交通工具，是个载体，那么，我们不是仅仅拍骑摩托回家的人在回家的路上经历了什么。骑摩托回家不是我们最终报道的目的，我们想借着跟拍他们骑摩托回家的这个机会，借着春运这个中国人极致情感被释放的极致状态下，在回家的过程中认识我们的采访对象。他们只是普通的个体，在长三角、珠三角遍地都是“书记”、阿华和小黄这样的外来务工者，可只有真正认识近3亿人中的这三个，我们才能撕开一个口子去认识当代外来务工者这个群体的生活状态、精神世界，他们的所想所愿。

6辆摩托上有四对夫妻，李明两口子是最恩爱的一对儿。李明1987年的，妻子赖海凤比他大两岁，1985年的，孩子3岁了，一直在四川老家，由爷爷奶奶带。行程的第二天晚上，我在房间里采访李明，海凤一直躲在卫生间，门一半开一半掩，还总忍不住要插话。我说，来，你也过来一起聊聊吧，海凤马上红着脸往房间外面躲。

路上第3天，李明的拼装摩托终于闹脾气了，为了帮他减轻负担，让他的车别歇在半路上，我们让海凤坐上我们的采访车。那天贵州下起了冻雨，出奇的冷，路上大车也多，骑一段就要停下来找些土办法让冻僵的手暖和过来。上车后，海凤跟前一晚的

骑行30多个小时后，阿华、“书记”和小黄终于抵达了位于四川省境内的老家。（摄于2012年农历腊月二十八，离除夕不到48小时）

她判若两人，兴奋地像个孩子，一直跟我们讲自己的经历。我问她，昨晚采访时你怎么不肯说？她说，他们没有告诉家里人骑摩托回家。李明是独子，怕说了父母会担心，她以为我们采访的同时片子就播出去了，所以一直躲着镜头。

她和李明同在一家自行车厂打工，工作是给车圈上辐条，计件工资，36根辐条的上一个赚5毛，140根的上一个赚1.1元。小两口一个月只有3000元钱的收入，租房子要花300多，他们的这辆摩托买来花了3000多，还是借了不少钱后才买下的。除了日常的开销外，剩下的钱都省着寄回家里养女儿用。

她说上个月花销最大，因为他们租住的出租楼因为房东乱加盖，突然塌了，幸好人跑出来了，家当全在里面。她说，幸亏她老公勇敢，在最后一刻推出了摩托，要不这个春节他们就回不了家了。

讲到女儿的时候她最开心，说他们两岁女儿有多可爱。她是广西人，女儿跟着爷爷奶奶说一口四川话，女儿的话妈妈经常听不懂，“听不懂也没关系，我老公可以帮我们翻译”。听着这些，我心里说不出来的滋味，妈妈跟最疼爱的女儿之间说话还需要翻译。可说这些时她一直乐呵呵的，一股脑地在说，不隐藏也不埋怨，像是她不知道别人的生活或者我们的生活跟她的完全不一样似的。

她说，“辛苦一年就是为了这个春天”，说话的时候她一直盯着前面，一脸甜蜜。我顺着她的视线望过去，两支雨刮器勤勤恳恳地一遍遍刮走车窗上的雨水，每刮一下，风雨中李明骑在摩托上的背影就清晰一阵。

“书记”到家的最后3公里路我们是陪他一步一步在泥潭里走完的。一尺多厚的泥辙一道一道混着泥水，他的摩托根本开不起来，只能两只脚踮在泥里挪着摩托走。天色全暗了，尾灯的一点点微光映着摩托上绑着的那辆给女儿的小红车，这一幕特别扎人心。一路上一直给大家当引路大哥，凡事自己都能扛下来的“书记”突然连车带人倒在了泥堆里。他试着自己爬起来，没成功，上去扶他起来的那一刻，看到他满头的大汗珠。

阿华的最后一段路也是这样泥泞，他摔的次数更多。我们跟拍的这几个主人公家不在同一个镇，甚至不在同一个市，回家后的感受竟那么的相似。“书记”一路2000公里带回的自行车并没有得到女儿的热情回应，甚至没有换来女儿的一声“爸爸”；阿华用了一晚上的努力才让女儿把眼前这个陌生人和3年来一直只在电话里冒出声音的爸爸联系到一起。这些留守的孩子们，他们记忆中关于父母的那部分内容最少也最不连续。而孩子却是他们远离家出去打工最重要的一份动力，是他们在外面最深的一份牵挂。而一年一次甚至几年一次盼来的相见却不相认又成了他们最无奈的心痛。

最让我们震撼的还是在这样的现实中，他们以及他们的家人心存的点点滴滴对生活的美好希望。“书记”特别骄傲地说，他家的房子是十几年前“书记”的父亲用种地攒下的三万多元钱盖的，他现在也在攒钱，十年后他肯定会回来，把老房子推倒，像当年的父亲一样，重新再盖一栋更好的房子。我问他为什么不留在打工的城市，他说这才是他的家，这里有的东西那里找不到。我问他是什么东西？他说是人情。阿华说他的新年愿望是给父母买一个热水器，慢慢来，以后一点一点让家里的条件变好起来。

阿华的爸爸说，今年春节是最好的一年，因为两个儿子都回来过年了。我问海凤，她心目中好的生活是什么样？她想了想说，现在这样就挺好，跟老公天天在一起，不分开。沉默了一会儿后，她低声地像是在对自己说，“如果想让生活更好一点，我们还要再努力一些”。

在路上，我们看到了艰辛、危险、疲惫、省吃俭用，也看到了相互扶持、仗义、守信，甚至苦中作乐，唯独没有看到抱怨和叹息。当社会把他们视作社会的底层时，他们自己却没有底层的哀怨。他们及他们的家人诚实、知足、乐观，付出最多，索取最少，有这样的底层，是这个国家的福分。有幸“认识”他们，也是我们的收获。

让我没想到的是，采访开始时的“心怀诚意”，半个多月采访结束时，变成了“心怀敬意”。记录、跟拍他们回家的过程，也是想表达我们对全国近3亿外来务工者及他们的家人的敬意。

写于2012年2月

浙江义乌青岩刘的精彩故事

这里每天上演的故事跟任何一个正蓬勃兴起的行业没什么不同，有人创业艰难起步，有人摸出了门道走上了稳健发展的快速道，有人黯然退出。

努力和遗憾哪一个更痛

闭上眼睛，使劲儿回忆一下没去青岩刘之前，这个村子在我头脑中是什么样的。

一栋栋南方农村的二层小楼，密密地排着。送货的小伙叼着烟、眯缝着眼，拉货的三蹦子会突然冒出来，村里永远扬着灰尘，人头攒动，有生机，但乱糟糟。这只是我想象中的青岩刘，一千个人也许就会有对它的一千种想象。

对于这次采访的5个大男孩来说，他们没有太多时间耗在去想象村子的面貌，“在网络上搜‘淘宝村第一村’，跳出的第一行，就是青岩刘，所以我们就来了。我们要做淘宝就一定要到淘宝第一村，我们要从这里走出来”，这就是他们来到青岩刘的唯一理由，他们来青岩刘之前对这个村子、对义乌这座城市几乎一无所知。

青岩刘的白天其实很安静，跟我想象的南方农村不一样，倒是跟全国任何一个地方的农村回迁安置小区没什么区别，城不城，乡不乡，农村的印记所剩无几。村里的老人们晒着太阳，看见我们和摄像机，并没有任何好奇。自从总理11月底来青岩刘之后，这个村子一直没消停过，记者一拨接一拨，那股热潮也吸引了一批又一批从各地来青岩刘考察学习的人。总理那晚曾到访过的卖亲子装的淘宝小店，成了青岩刘最幸运的小网店。因为总理的到访，这对小夫妻的网店的点击率猛增30倍，生意忙得一塌糊涂，已经雇了两个店小二，可还是顾不过来。不光跟我们说话的时间没有，连抱一抱10个月大的孩子的时间都抽不出来。这已经不是一个最普通的创业者在青岩刘会经历的最普通的故事，于是我们放弃了拿这对小夫妻当主人公的最初想法。

去哪里找最普通的创业者呢？听说青岩刘的年轻人白天都关在房子里盯着电脑做客服，只有晚上才会溜达到村里的夜市“放放风”，买包烟，觅点食。OK，那我们就夜里悄悄地进村！兵分两路在村里的24小时超市、羊肉串摊上去“碰”人。

“碰”到F4是在一个超市的门口，F4中的两个小伙刚买完烟在超市门口跟老板聊天，我上去打招呼：“下班了？”小伙子：“嗯，下班了。”两个小伙子就是节目里主人公中的两位：书林和杨阳。聊天中知道他们都是大四实习期，出来开网店。我和杨阳的两句对话让我决定继续跟拍他们。他说到自己做出跟其他同学在单位实习不一样的选择时，说了句“梦想还是要有的”，我接“万一实现了呢”。“对，万一实现了呢！”对上“暗号”之后我俩都乐了。

随后他们带我们去他们租下的那个小两居室，4个大小伙，最小的一个才17岁。家里人管不住，让他跟着哥哥们出来历练，因为都是“90后”小帅哥，我们背后管他们简称F4。“干淘宝之前，偶像是NBA的科比，现在是马云。”来青岩刘开网店才6个月，从不会网购的菜鸟到四个钻的网店卖家，这半年，改变的除了偶像，还有他们自己。

他们几个原来在学校都不是听话的“好学生”，创业之后他们一下子长大了，以前每天睡觉睡到大中午的三丰，最大的愿望就是“让亲人过上更好的生活”。22岁的他特别有紧迫感，他说，“一定要在父母老去之前成功”；一向叛逆的杨阳说，来这里的目的不光是赚多少钱，而是学到开淘宝的技巧，开网店门槛低，一学就会，容易复制，这是事业的种子，种子是可以带回家乡的，为什么不能在河南老家也复制出几个淘宝村，让身边的人也能靠这个致富；爱打架的书林几乎是被父母放弃了的孩子，他说自己最大的改变是知道人必须要孝顺，他给妈妈打了很久的电话，详细问父母穿多大尺码的衣服，今年过年要给父母每人买一件棉服，这也是长这么大他第一次想到送父母一件礼物……

因为有回片的时间要求，我们只跟他们待了一个星期。不管他们的网店能不能发展壮大，不管他们会不会继续留在青岩刘，不管他们将来干什么，在这里因为创业，他们成长了，这就是青岩刘给他们每个人人生道路上最大的一笔馈赠。人生的起点可能不同，只要是以向上的姿态成长的，都是值得称赞、值得寄予厚望的人生。

35岁的赵志华在青岩刘创业4年，是最早进入青岩刘开网店的十几个人之一，也是我们在村里“泡”着时遇到的。相处中我们习惯叫他的小名：找找，因为他给自己的店铺取名为“找铺子”。其实这个名字特别契合他所卖东西的形象——奇奇怪怪。硅胶做的防干燥的袜子，可以反复使用的保鲜膜……找找说，我找来的东西都是别人家没有的，但又是特别有用的；我要赚的也是别人赚不到的钱。毕业于武汉大学法律系的找找，是青岩刘村的异类，高学历，来到青岩刘之前有过多次创业的经历。在他的店里，你看不到趴在电脑面前做客服、手忙脚乱打包的情景。每次见面，他都是手插着口袋在店门口抽烟，和朋友聊天、玩手机。找找说他也经历过两天两夜不睡觉做客服的疯狂，但是做到第4年了，量已经不再是他追求的目的。他依靠的是自己的头脑、自己的想法赚钱。

他的改变除了在经营方法上，还有生活上。在青岩刘，他有了下一代，3岁的小赵赵，他还把父母从河南老家接了过来一起生活。找找说，至少要在这再待10年吧。找找2014年用两个月的时间跟大学同学去青海、西藏玩了一大圈，把网店扔下不管出去旅游，这是大部分开网店的卖家没胆量干的事。这个元旦，他又跑去柬埔寨看古庙去了。他已经学会在开网店和生活之间找到适合自己的平衡点。

村子里有一面特别显眼的墙，贴满了房屋招租广告，红红绿绿的很扎眼。因为进入门槛低，青岩刘更像是两手空空的年轻人创业开网店的孵化器，因为村子里缺乏大的仓储条件，做得成功的网商会从这里搬出去，更多年轻人的离开是因为失败。泡在村子里的时候，我盯着这面墙盯了很久，有人驻足一张张看，有人留下其中某一张的电话号码，有人匆匆而过。彩色的小纸片被阳光照得刺眼，红显得特别红，绿显得特别绿，其实每一张小纸片的背后，都是一个或喜或悲的创业故事。

找找店里雇佣的一个小伙子，叫郭恒。他一年前也在这面墙前停留过，和朋友也租下过其中一套房子，也怀揣过梦想开了家卖围巾的网店。郭恒说一个月只接了四五单就没生意了，苦苦支撑了2个月，把带来的2000元赔光了，小郭退了那套房子，但却没有离开青岩刘，而是从小老板变成了小伙计。

我们抓拍到一个镜头，小郭坐在赵志华的店门口，手里做着老板给他安排的小活，眼睛却瞄着赵志华和一个客户谈生意。他说，他留下当小伙计的原因就是要从赵志华身上学习网店的经营之道。等学到经验了，他会重新再来。起步、失败、反省、学习、从头开始……发生在青岩刘年轻人身上的创业故事其实跟城市里没什么不同。

“骑着自行车进来，开着宝马车出去”，这是在青岩刘流传最广的一个说法，最具煽动性和蛊惑力。F4、赵志华、郭恒，他们告诉我们，青岩刘没有神话，这里每天上演的故事跟任何一个正蓬勃兴起的行业没什么不同，有人创业艰难起步，有人摸出了门道走上了稳健发展的快速道，有人黯然退出。

就在我们拍摄期间，阿里巴巴公布了一份淘宝村2014年度研究报告，报告显示，中国最早的一批淘宝村出现在2009年，到2013年底，全国淘宝村数量增长到20个，一年之后，2014年底，全国有了212个淘宝村，这200多个村子活跃着7万家网店卖家，带来直接就业28万人以上。

在我们这两集节目在《朝闻天下》播出的晚上，《新闻联播》播出了兄弟部门蹲点一年制作的关于中关村的创业故事，其中一个叫李今的小伙子让我们印象深刻。中关村和淘宝村，可能创业的人群不一样，创业的起点不同，但李今和F4身上有着相通的东西，不管是拼体力还是拼智力，不管是从事高科技还是卖一只小水晶苹果，他们都在倾其所有，朝着自己的目标昂首阔步，以年轻特有的姿态。在中国经济崛起的表象背后，是无数这样的年轻人对美好生活的渴望，对未知世界的好奇，对内心信念的坚持，以及每一个日日夜夜的付出。

不管前一天加班到几点，每天早上8点，F4都会准时开会，开会前有一个不变的“仪式”，每个人依次喊一遍他们的口号：“想放弃的时候，想一想努力和遗憾哪一个更痛！”每个人都会扯着嗓子喊出这一句，像是要用这一句嘶喊把自己叫醒，这一声喊仿佛能抚慰自己吃下的所有苦，这喊声就是梦想的声音。在青岩刘，他们的每一天都是这样开始的……比他们大十几岁的我依然被这句喊声震撼，让我愿意在精神上与他们为伍。

写于2014年12月

新春走基层·家是什么：难舍的根 不解的愁

我们不断地出发、一次次离开，我们需要一个可以“回去”的地方。我一直觉得自己是个没有“故乡”的人，其实我缺的是一个可以回去的地方。

家，是什么

家，是什么？先说点我自己的经历。

我住过时间最长的房子在石家庄。因为父亲是军人，我们跟着他搬过很多次家，石家庄的27军军部大院是我大学以前一直居住的地方，我们一家四口住在大院里一个带前后小院的房子里。后来我们一家搬到了北京，妈妈一个人在那个带院子的房子里住了10年，等她退休要彻底离开那个“家”了，我专门回去了一趟，带着我北京最亲密的几个朋友，拉着石家庄最亲的同学，我们一帮人住在那个家里，绕着小院里里外外拍了很多照片。

那年头还流行微博，我写了两篇文章，专门写这座宅子，起了个题目叫《和青春有关的……》。拍完那些照片之后我再也没有回去过，准确地说，我也没有机会再回去了，因为不久后听说部队改建营房，把那一片房子都拆了，改建成一片绿地，但有人说我家院子里那棵高得离奇的香椿树还在，成了唯一的标记。

那座宅子不在了，像是我心里的一个什么东西被拔走了，留下一个窟窿，一直到现在都填补不上。

这几天陪爸妈回外婆家过年。几年前因为土地流转，外婆在乡下的老房子被夷为平地，可每次回老家，我都会陪妈妈回那个地方看看，房子没了，只有外公生前种过的一块小菜园还在。即使站在已经荒草丛生的空地上，记忆也全都会回来。

睹物其实是为了思人。

家，是什么？是亲人，是家园，是故土，是一个可以把一代人再一代人的记忆接续下去的地方……我们不断地出发，一次次离开，我们需要一个可以“回去”的地方。我一直觉得自己是个没有“故乡”的人，其实我缺的是一个可以回去的地方。也许正因为如此，我采访王澍如何修复传统村落，“发现”松阳拯救老屋、修复家园……我会兴奋不已，我没有一个这样的可以承载记忆的老屋，但看到很多人可以有，或者说差点没了却被拯救了回来，我会替他们高兴。

每年重要的节假日，央视都会出一个特别节目，形式是海采，撒出去几百路记者拿着同一个问题去问不同地方、不同的人。发端于2013年的《你幸福吗》，后来又问过家风是什么？父母最在乎的是什么？有人戏称“国问”。《家风是什么》得过当年的中国新闻奖特等奖，这是中国新闻界的最高荣誉。

2017年元旦开始，扫街式的海采在形式上稍稍有了改变。以前是满大街地追着人问同一个问题，简称“扫街”。现在是揣着同一个问题守在一个固定的地方，问进入这个特定场所的不同的人，既是海采，更是观察和记录。一列火车、一家小吃店、一个理发馆、一间照相馆……想到这个创意的是我的同事席罗曦，这也算是海采2.0版，他起了个名字叫“场景式海采”。

2017年元旦第一次在央视新闻频道上露面，题目是《为谁辛苦为谁忙》。两个月后，春节再次启动场景式海采，这次的问题很简单，没有再像之前一样列很多个子问题，这次的问题只有四个字：家是什么。

这是一种不预设采访对象的特殊采访形式。作为记者，你不知道下一个采访对象会是谁，不知道你会听到什么样的故事，因此，问题的设置特别重要，这个问题要能引起共鸣。什么是引起共鸣？很简单，用这个问题先问问自己，你会有表达的欲望吗？会让你回忆起什么吗？

没有不好的采访对象，只有不好的提问者，精彩的回答是问出来的。

说说松阳。我驻站6年，一直觉得驻站记者要做一个地方的观察者，或者说我越来越觉得驻站记者最适合做一个地方的观察者。松阳，是一个我持续观察了一年多的地方，有了这一年多的观察，这次《家是什么》特别节目征集线索的时候，松阳一下子蹦到我脑海里。我对记者李欣蔓说，去松阳找一个村子吧，随便哪个村子，只要去了一定会有收获。

后来欣蔓他们选择了横樟村，然而，我相信横樟村并非唯一，在松阳还有很多个像横樟村这样的村子，我对松阳有这样的信心，这来源于一年多的观察。

松阳在进行着一场乡村复兴，全方位、多角度的，从拯救老屋到生态农业，从修复一座老宅子到修复土地，从修复传统的手工技艺到修复一棵能吃出青菜味的青菜，从修复乡村到修复人心……这场复兴有点慢，然而它的独特之处也正在于这种不追求快的心态和做法。

正常的生命本就是慢的，一棵树要成为树，一朵花要成为花，一个人要成为他自己，都急不得。

很多老家在农村的游子看了这个片子都特别感动，觉得说出了他们想说的话。而我作为这个选题的策划者，在浙江这样一个经济发达的地区，我们偏偏选择一个农村场景来做《家是什么》，表面来看也是挺“任性”的。但仔细想来，其实是在情理之中。城的事搞好了，才有可能去“重建”乡村。

我在浙江6年，浙江农村这6年的变化很大。乡村有游子们的根，也有中国传统的根、中国文化的根。把老房子修建返新，办民宿、搞旅游，开出一条条明清古街招揽生意，这不叫“重建”乡村。

千城一面很可怕，千镇一面、千村一面更可怕。

很多地方都开始把目光投向农村，但真正知道怎么做的人有多少？改革开放初期，城市发展需要大量的农业人口作为劳动力，大量农民进入城市打工；现在的农村不能再成为第二次被掠夺的对象。当然，它再也回不到30年前的样子，但这个新乡村一定不能变成看起来很美的塑料花一样，它要有真正的生机。

写于2017年2月

恶魔731·不容逃脱的罪责

我们还能做什么？我们为什么还要做？这是接到任务之后，731采访团队每个人都在不停追问自己的问题，这个阶段很折磨人。

要证明我们的节目是唯一的

731（侵华日军“七三一”细菌部队），其实是一个没有太多揭秘性的题材。

从接到任务到播出，只有不到一个月的时间，面对这样一个题材，我们还能做什么？

接到731的任务，我马上想到的就是中学时学校组织看的那个电影《黑太阳731》。一问，大家都如此，都看过这部电影，几乎人人都知道731的暴行了，我们为什么还要做？

我们还能做什么？我们为什么还要做？这是接到任务之后，731采访团队每个人都在不停追问自己的问题，这个阶段很折磨人。直到申勇主任提出9个字：新罪证、新观点、新角度。

我的理解就是牢牢记住我们是在抗战胜利70周年这个历史节点去回望和梳理这段历史，因此，一定要有当下感。不过，找到“新罪证”并不难，这些年，研究731部队和细菌战的专家们从没停止过寻找新罪证的努力。

挑战是寻找新观点和新角度。731暴行的反人类性和实施手段的惨无人道在世界范围内都是没有任何争议的，因此在挖掘新

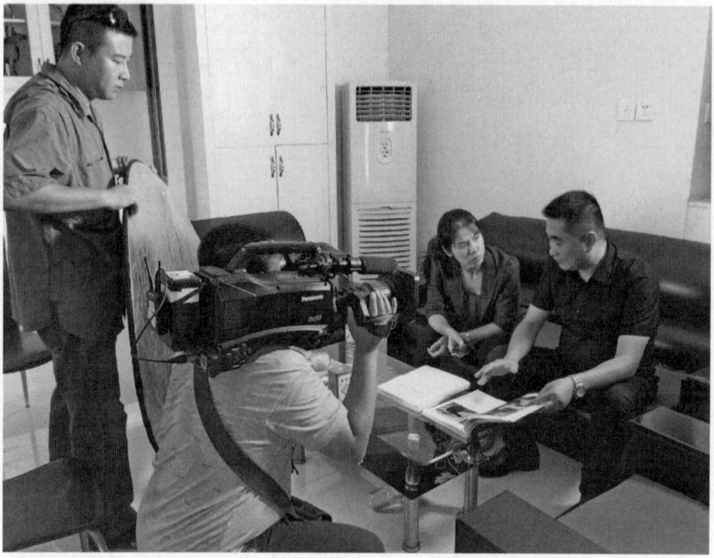

受访者李晓方用十多年的时间寻访了数百位“731”细菌战的受害者，收集了大量恶魔“731部队”的历史罪证。（摄于 2015 年　杭州）

角度上，我们哪怕努力挪动一小步都是有意义的。要让观众看到我们在当下去回望这段历史是不同于以往任何一个时刻的，我们要证明我们的节目是唯一的。

731是一个不太适合“自由发挥”的题材，需要客观、冷静、耐得住性子，对史料、史实要反复核实、多方求证。把控这样一个主题，拿捏好分寸感和讲故事同等重要。尤其是我和我的团队所承担的第三集，这一集的题目很直接——“贻害与警示”。

先说贻害。731研发出的细菌武器在侵华期间大量用于战争，那么，这些致命的细菌从哪里来？是什么人指挥了细菌战？这些细菌是如何播撒投放的？细菌又是如何残害这片土地上的人们的？

拉直这些问号，就是《恶魔731：不容逃脱的罪责》第三集“贻害”部分要讲的故事：告诉你，731的罪恶不仅仅发生在哈尔滨那个叫平房的地方，不仅仅发生在四方楼里。他们用“马路大”（侵华日军“七三一”细菌部队对那些接受人体实验的受害者的污辱性称呼）做各种人体实验并不是为了实验而实验，最终目的是为了培育有杀伤力的细菌，制造适用于投入战争的细菌并实施细菌战残害中国军民。

采访期间，我们前往浙江义乌，当年细菌战侵害过的地方之一。抗战胜利70年，细菌战的伤痛在这里以各种方式被记忆，未曾抹平。

我们去了一个叫崇山的村庄。从1941年9月到1944年4月，义乌细菌战死亡的人数达到1319人，仅崇山村的死亡人数就有

408人，28户全家死亡，而这个之前名不见经传的村庄，总共也只有1236口人。崇山村的一个祠堂里有一面大理石碑，黑色的石碑上刻着1319个名字，1319这个数字背后是1319个被戕害的无辜生命。在石碑前伫立凝视，你会更深刻地感受到那场灾难意味着什么，压抑、悲愤，百感交集。

开机前，我们采访团队的每个人不由自主地先在这面石碑前三鞠躬。李晓方是我们寻访的一个重要采访对象，他是《泣血控诉——侵华日军细菌战炭疽、鼻疽受害幸存者实录》的作者，他寻访、调查了200多名受害幸存者，拍摄了数千张照片。这些感染了炭疽杆菌而烂腿的老人有一些现在还幸存，但伴随他们的痛苦是一生的，也是外人无法体会的。

李晓方说寻访多了，他每到一个村子里转，不用看腿，光看表情就判断得出哪个老人是受害者，因为这些人不光肉体上承受痛苦，精神上也倍受折磨。很多人不知道自己是被日本人害的，只知道从小得了一种怪病，被村子里的人歧视，所以这些老人都生活在阴影里，很自卑。一个生活在阴影里几十年的人，他的眼神、他的表情跟正常人不一样。

作为第三集，也是整个系列的收官，最难的在于“警示”，必须站在国家的立场上表达观点。如何把握好分寸感，想表达反对时，除了举起拳头还能怎么做？

表面上看，这一集想在新观点和新角度上有什么“突破”几乎没有可能。片子原本可以落在因为战后美日交易，731部队成员全部逃脱了审判，战后脱去军装继续活跃在日本医疗机构、医药公司、大学、政府机构，甚至核心成员都身居要职，731这段罪恶的历史被日本政府掩埋起来，因为不反省、不正视历史，军国主义的幽灵将阴魂不散，在当前及未来，日本不光对于中国，对于全世界来说都是一种威胁。

而我们在“警示”部分做了这样的努力。我们不回避十几年来那些主动站出来为自己曾经犯下的罪行而忏悔的原队员，因为这些被军国主义从人变成魔的人们，同样也证明日本如果不和军国主义彻底切断关系，这样的历史还会重演。然而，勇敢站出来的人太少了。“所有细菌战部队人员你知道有多少吗？应该是有上万人，上万人当中最终只有几十个人站出来。”731罪证陈列馆馆长金成民接受采访时发出感慨。大多数人为什么不说呢？20年跨国取证的金成民对此体会太深了。那些人想说，不知道什么时候说，不知道跟谁说，不知道说出来家人怎么看自己，不知道说出来日本右翼会不会报复……我们的片子里最终把这个内容加了进去，即因为国家不反思，作为个体的原队员内心所受的煎熬和挣扎。受害的中国人和这些作为加害者的日本人，在军国主义的阴影下都是渺小的个体，在为这个国家犯罪承受着不同程度痛苦的，是这些具体的个体。

另外，我们的努力还在于主题上的延展：不仅不能忘，而且不仅在中国，在日本也一直有人在继续探寻更多的真相。于是，第三集的结尾变成了这样，就像许多电影结尾时常用的手法，用主要人物的现况来表现故事的结局和延续：作为民间的研究者，李晓方家有一间十几平方米的小屋，屋里堆满了许多大纸箱。箱里是他收集到的老人们生前用过的物品——打着补丁的皮包、干泥瓦活的铲子、盖过的毛毯……最让我们感慨的是一摞拐棍，有木头的，有竹子的，有金属制的，看得出都有很严重的磨损。

这些是岁月的印记。炭疽感染者的发病症状大多都表现为烂脚，这些拐棍是老人们生前的一只“脚”，支撑他们艰难地活着。

还有一样东西最特殊，就是李晓方每寻访一位老人，都会留下一个红手印，旁边签上自己的名字，一共有几百个。当我们把一个又一个红手印铺在地板上时，一股说不出的感受涌了上来。就像李晓方说的，这些老人要等到日本人的道歉，不太可能，因为这些人平均年龄都八九十岁了。但这段细菌战的历史不会因为老人们的相继离去而被湮没或被遗忘。因为真相只有一个。

片子以新馆开馆开头，又以新馆开馆结尾，形成了一个完整的环。“2015年8月15日，随着侵华日军第731部队罪证陈列馆新馆开馆，金成民和他的同事们近20年跨国取证、多方搜集的细菌战罪证正在以一种全新的方式讲述那段不能忘却的历史。当然，在金成民心里，寻找、搜集更多证据的工作不会结束。”金成民说得特别好，不仅中国人不能忘记，更重要的是，通过他们的跨国寻访让更多有良知的日本人不忘这段历史。通过寻访、取证、诉讼、调查等方式，凝聚更多人心，壮大和平力量，也许这个过程比结果更重要。

我们的片子制作成播出版的当天，正好赶上8月14日日本首相安倍讲话，我特别留意了安倍怎么讲的。安倍宣称，日本今后无须继续道歉。他说，日本战后出生的人已经超过总人口的八成，这些“与那场战争没有任何关系”的世代及其后代，“不能再背负继续谢罪的宿命”。

而我们的片子在结尾部分用代表民间力量的李晓方和代表官方专家的金成民结尾，想要表达的正是，70年过去了，随着当年的加害者陆续离世，在中国大地上，被细菌战折磨了一辈子的老人也在一个个离开，但这段历史不会因为加害者和受害者的老去和离世，被尘封和遗忘。很多人，包括中国人和有良知的日本人都在做着他们各自的努力，只为一件事——不忘历史。

虽然片子早于安倍讲话之前完成，但后来再看，片子的最后一句同期，日本医学专家加藤拥一的那句话似乎也在回应安倍的讲话。他说："今年正值战后70周年，我认为这是不同寻常的'关键点'。应该让日本、周围的邻国、全世界都重新审视，在70年前的战争中发生过的事情。今年，就是一个很恰当的时机。"

731，跟我们频道今年以来一直在做的各种抗战报道一样，都属于历史题材。我们在做的工作也许就是重新整理知识、重新建构故事。在历史学的课堂上，学生会被告知，历史就像彩虹，是由许多种光谱组成的。那个红透的美国老头史景迁说，"这也是历史的迷人之处"。不管是史景迁还是黄仁宇，他们都为我们提供了讲述历史的一种更广阔的视角。

很喜欢2014年上映的一部电影《黄金时代》，导演许鞍华做这部片子做了8年。除了她对主人公萧红的挚爱，我觉得更多的是尊重。影片里的每一句台词都是有出处的，都是当事人的回忆录或文章里写过的。导演和编剧李樯不愿为了吸引眼球去放大萧红生命中那些可以被戏剧化的"狗血"情节，因此编剧用大量的时间和精力去核实每一句台词，一部电影的创作过程竟然像拍摄一部历史纪录片，这样的态度让人钦佩，但更让我钦佩的是，这样一部电影依然留给观众很大的想象空间。这几天，重看了一遍《黄金时代》，我在想，2015年以来，我们拍摄这么多历史题材的专题片，我们是不是也可以学学许鞍华和李樯，在对每一个细节、每一句对白、每一处史料的追寻严苛到极致的同时，通过结构的把控，也能在我们的片子中留下更多让观众自己去思考和体会的空间。这样，我们所做的就不仅仅是告诉你一段也许你不知道的历史。

最后，感谢日本站记者王梦、张剑、吴琼的无私支持，感谢他们为我们的采访联系到片中所有的日本友好人士，有了这些采访，我们的努力和想法才能得以实现。

写于2015年8月

新疆抗击雪灾

很多时候，把你触动和击溃的可能就是那么一下，然后你就知道，这事能成。

渴望的有可能有希望

这大概是第一只拥有自己名字的小骆驼吧，它叫“雪儿”，是吉木乃人给了它一个名字，和活着的希望。雪儿对我来说，不仅仅是一条小生命，它能不能活下去、能不能站起来，已经成了我心里的一个结。

一场60年不遇的雪灾，被大雪掩埋的生命太多了。在牧民们集中转移的冬窝子（冬季牧场），三千匹马中一半的母马已经流产，而往年冬天，它们可以自己在冬窝子里觅食。这里背风、相对温暖、漫山遍野可以找到一些草吃，靠着这种并不轻松的生存，母马们能够顽强地孕育新生命，而这些小生命是牧民们来年全部的希望。

来到冬窝子，我让一位牧民大哥拎上一把铁锹带我去看看究竟，牧民大哥一锹一锹地挖雪，像在挖井，挖下去一米多深时，终于有一棵枯黄的草露出了头，我探头看下去，像在看藏在井底的一样宝贝。

我在节目里用了这一段画面，为什么母马会流产？牛羊会饿死？我想，看了这一幕所有人都会明白。我在现场，这一刻的感觉是有些绝望的。而在阿勒泰，无论我走到哪里，都是这样一片又一片的茫茫雪原，不过从那一刻以后，我知道，被这厚厚一米多深的积雪掩埋着的，是希望。

从那一刻以后，当有人再问我，灾情真的严重吗？我会告诉他这个真实的场景。

去县医院采访，一间病房里躺着两个人，一个刚刚做完截肢手术，一个第二天就要上手术台，两个人都是因为冻伤必须截肢。寒潮来了，零下四十几摄氏度，到底有多冷？冷点又能怎么样？

我眼前就是答案。一个活生生的健康人几个小时后就残了。已经做完手术的是蒙古族牧民，现在他只能直愣愣地仰面躺在病床上，因为他的双手双脚都被截肢，从此以后，他连翻个身都必须有人帮助。我没办法跟他用语言交流，甚至也没法握一下他的手让他安心养病。

他的妈妈，一个瘦小的老人站在床头，一脸茫然，眼睛里是混沌的，什么都没有，这个老人无助得似乎都不知道该要求点什么。

儿子今年41岁了，还没娶媳妇，家里只有一匹马和四只羊。儿子是牧民，除了骑马放羊，没有其他生存技能。冻伤那天是羊丢了，儿子出去找羊，风雪太大迷路了，一不小心从马上摔到山谷里，等有人找到他时，他的四肢已经僵死。一个马背上生活的牧民失去了双脚双手意味着什么？意味着他再也抓不住缰绳了，再也不可能像从前一样轻松地翻身跃马了，意味着他的余生将靠瘦小的妈妈照顾，而妈妈总会比他先走。

直播途中偶遇掉队的小骆驼，它当时被大雪掩埋，只剩下小脑袋露在外面喘息。获救后，当地老百姓给它取名“雪儿”。“雪儿”在哈萨克语里的意思是“希望”。（摄于2010年　新疆吉木乃县）

从那一刻以后，当有人再问我，灾情真的严重吗？我会给他讲这个真实的故事。

感谢上帝，让小骆驼活了下来。事后我想过，如果小骆驼没有活下来，我会有多难过，而难过绝不是因为少了一条感动人的片子。难过是因为这些天我一直被雪灾中的人和事感动着、浸润着，所有人都在向我骄傲地讲述他的家乡在夏天时有多美、秋天时有多绚丽，虽然我现在所看到的全是千篇一律的、单调得让人心发慌的白。所以我心里有一个希望，希望吉木乃能在这场雪灾中站起来，阿勒泰能在这场雪灾中站起来，这个希望在我遇到被埋在雪里的小骆驼的那一刻，全部倾注在了它的身上。这个希望有了一个具体的化身。所以，当我们第二天再去看小骆驼，看到它昂着头站在那里时，我控制不住地大叫了出来。这份惊喜也许外人看来有些夸张，但请谅解，因为雪儿在我看来，已经不仅仅是一条小生命，它能不能活下去、能不能站起来，已经成了我心里的一个结。雪儿活下来、站起来了，我心里的希望也活下来、站起来了。

很多时候，把你触动和击溃的可能就是那么一下，然后你就知道，这事能成。所以这一路对我们来说，就是在寻找和等待“那么一下”的降临。

布尔津县冲呼尔乡要给牧民分发草料救急，他们说场面很壮观，远远近近的一百多户牧民会驾着马爬犁（冬季里的一种运输工具）来领草料。说这话的是当地宣传部的，我们要跟乡里直接操办这事的领导核实真实情况，乡党委书记和乡长没一个在现场，说是忙。打电话问，我也不拐弯抹角：“你们说有三户牧民路不好，要把饲料送过去，是真的需要送吗？还是做做样子？”“做样子?你自己来看看雪有多大，就知道我们是不是做样子了！做样子？我们没时间做样子!”书记被我激怒了。“书记您别生我气，不过您生气我就放心了。”就这么一下，我知道这事有谱。

车把300公斤饲料拉到实在走不了的地方停了，那地方雪有一米多厚，风狂刮，三户牧民赶着马爬犁来接应。书记从越野车上下来，翻身一跃跨上一匹马，我和摄像挤在一驾马爬犁上，一路进去，发生雪灾这十几天来，这是他第三次骑马进去看这三户牧民。我问书记，接下来这几天的工作安排，他说还有20多户在更偏远的牧区里，路封了，一直不知道里面人员的情况，要去看看。我问他：“那你怎么进去？”“骑马进去啊。”“我们跟你一起去！”“你们去不了，你们不会骑马，而且我们都不知道骑几天才能进去。”“你们能去，我们就能去！”

一直板着脸很严肃的书记后来总算用笑脸迎我了，我想他应该已经原谅我电话里的冒犯，或许他之前没想到我们会坐着马爬犁去看牧民，或许是那句“你们能去我们就能去”，也是“这么一下”，他被击中了。

转战吉木乃县，全国贫困县、阿勒泰受灾最严重的县。

冲过几十公里的闹海风，到吉木乃已经是夜里12点，第二天县里要转移1000匹马，怎么转？为什么要转？所有情况和直播细节都得连夜谈好，我和欧阳勇哈欠连天地坐到会议室里。“书记，咱们不说空话了，直入主题说说你们打算怎么转移这1000匹马吧。”一个工作人员举着一张地图进来，往地上一铺，一张转马指挥图，上面又是红的、蓝的箭头，又是五角星，县委书记单腿跪地，趴在地图上，指着上面的线路、箭头，像个将军在部署一场很难又必须打赢的攻坚战。就这么一下，我又被击中了。

我会记住吉木乃，因为茫茫风雪中缓缓向我们靠近的马队和赶马的牧民，他们在及腰深的雪原里艰难跋涉了40多个小时，见到我们时，不会说一句汉语的几位牧民第一件事就是伸手向我们要了根烟抽。他们用嘴里发出的特殊声音，用只有他们和马才听得懂的语言指挥着庞大的马群。从风雪路中闯过来的牧民在我眼里像大英雄，我总忍不住想上去跟他们聊上几句，可惜他们听不懂，我只能朝他们竖起大拇指，他们看懂了，冲我笑着点头，眉毛和胡子上还挂着霜。仰望着马背上的牧民大哥和绕在他们周围的马群，我心里涌出感慨，觉得生命真美，因为生命真顽强。

我们离开的时候，这个年收入只有一千多万的超级穷县的县委书记说："我们穷，但我相信我们一定会有站起来的那一天。无论是抗击这场雪灾或是做任何事情，信心比黄金更重要。"

说一说我身边的他们吧。

不管这是成绩还是荣誉，它不属于我一个人，它属于我们八个。

欧阳勇，我的黄金搭档，出色的现场直播导演。我们在阿勒泰的第一场直播结束后，他笑呵呵地跟大家说，这是他第一次做直播切换。他的优秀在于，在他的设计下，我们的每一天直播都在讲一个故事，只有看完一天的直播，你才知道故事最后的结果。每一天里的每一场直播都是故事发展的一个阶段，向观众呈现的是过程。

凌晨，在行进过程中，又遇被大雪掩埋的道路。在等待抢通时，我们在车外拍下了团队唯一一张合影。左起摄像毕博超、陈利民（兵团台），孙继刚（兵团台），导播欧阳勇（新疆台），记者何盈，直播技术王务军（兵团台），申德福（兵团台），直播技术翟攀（兵团台）。（摄于 2010 年　新疆吉木乃县）

比如有一天，我们要直播当地政府给牧民送草料，第一场直播我们在分发草料的现场，乡里几百户牧民赶着马爬犁来领草料，场面壮观，我在直播里告诉观众为什么要用马爬犁来拉，因为在这里，到处都是1米多厚的积雪，山里的路更不好走，马爬犁是这儿最好使，甚至也是唯一的交通工具。

在现场有几包草料没人来领，我问乡长为什么，他说，乡里有3户牧民离得太远、交通最困难，他们要送到家里。好，这场直播到这儿结束，留下个尾巴，我告诉主持人和观众，下面我们要做的事是跟着乡长去送草料，看看这3户牧民家受灾的情况。

两个小时后，第二场连线，我们转场了，跟着草料车走，走到车不能走的地方只能停下来，我们的直播就选在被迫停下来的地方。我在这场直播里告诉大家我们为什么停下来，3户牧民家在我手指的方向，要翻过那个山头，而这里的雪有一米多厚，车根本走不了，牧民赶着马爬犁来接应，这场直播的结尾是我告诉主持人，我要去看看这3户牧民家里的情况，我也只能坐着马爬犁才能进去。我一边说，一边坐到马爬犁上，镜头里是马爬犁慢慢走远。

之前跟欧阳商量的时候，我心里有点打鼓，一般直播结束时都要求镜头把记者框在正中央，稳住，跟主持人正式报尾，切走。而这一场，让我在直播中坐上马爬犁，慢慢走远，这样能实现吗？欧阳说没问题，我心里明白这是个创新，那就试试吧！

新闻到这里没有结束，一个小时后我和摄像坐着马爬犁回来了。在牧民家拍了个新闻特写，拿到卫星车上传回家里，再做一条片子，整个这一天的故事才算讲完。

不管是转移一千匹马还是送孩子回家的直播，我们都是这个思路，我们的卫星车真正意义上“动”起来了，是跟着事件发展的进程“动”，跟着故事发展的进展“动”。一切是未知的，所以我们的每一场直播最后都有悬念，送孩子回家那个晚上，我们自己都不知道夜里几点钟才能打通最后2公里路，我们也不知道孩子的父母们早早地就等在马路边盼着孩子能到家。通过一场场直播，我们把一个个同样挂在我们心里的悬念一个个解开，展现最真实的过程，这是真实的魅力，也是电视直播的魅力吧。

申德福，兵团台开卫星车的科长，我们团队里的大哥。在我们一起奋战了第五天的时候，欧阳告诉我，德福哥做过肾切除手术，现在只有一个肾，这个病不能累着。可当我们在犹豫不定是不是该在夜里11点钟出发，开一夜的车去追一条新闻的时候，是德福哥用轻松的口吻帮我们最终做出了出发的决定，他说：“没问题，没他们说的那么危险，慢点开就行了。”后来他告诉我，他在新疆跑了那么多年，从来没像这次这么“疯”跑过，从没走过这么难走的路。

一场直播结束后，欧阳悄悄告诉我，德福的爸爸心脏病突发，现在在医院住院呢。我去问德福哥，他还是那么轻松的口气回答我：“没事，我让哥哥嫂子多去看望老人家，抢救过来了，现在只要休息好就行了。”第二天，我直播完了跑上车暖和身子，德福哥笑着说：“本来我想给老爷子打个电话让他看看咱们的直播、看看你，后来想了想还是没打，万一老爷子一看，咱们这么艰苦，怕他心脏受不了，哈哈。”又过了两天，我们给德福哥匆匆忙忙地过了他40岁生日，在中国最西北的地方、最寒冷的地方，最神的是不知道大家从哪里找来了一个生日蛋糕，虽然比好利来、味多美的味道简陋多了，可比这一路吃的馕香多了。

要讲我的团队，故事太多了，在有限的篇幅里我只能写下他们的名字。陈利民，这一路所有的新闻特写都是我跟他合作完成的，他也是在“7·5事件”中拍下了《门缝里的暴行》的摄像，自从知道这件事以后，我就管他叫“陈英雄”，他这一路还被我们起了其他几个外号：“陈超人”“陈班长”。每次路上遇到问题车队停下来，当我从车上窜下来跑到现场的时候，他已经在开机拍了。

毕博超，我们叫他小毕，为了直播，他的右手差点冻伤。

王务军，兵团台的技术，务军总是戴着黑墨镜，不是为了要酷，因为出来之前他刚做完眼睛手术，现场到处白茫茫的一片，正常人眼睛都有可能雪盲，他的危险更大。

翟攀，兵团台的技术，文文静静的大男孩，很细心，走夜路最怕司机犯困，为了陪司机聊天解困，他总是硬撑着说啥也不睡。

孙继刚，工作车的司机，因为知道德福哥身体不好，每次陷车了，他总冲下去抢过德福哥手里的铁锹铲雪。零下四十摄氏度的低温，第二天早上车发动不起来，每天凌晨两点钟他都要从床上爬起来下楼去热车，热了车再回去接着睡。他最让我难忘的是一次我们在路上连开了20个小时的车，困得实在不行了，他说：“何盈，我给你唱首歌吧。”我知道他给我唱歌是为了给自己提神，我就让他一遍一遍地唱，他的歌声在那样的夜晚特别好听。我不知道那首好听的歌叫什么，只记住了其中的几句歌词：“乌鲁木齐呀好地方，乌鲁木齐有三件宝……”

感谢我的团队，你们也是我心里的宝。

写于2010年1月

K1245次列车的春运故事

走基层，重在走。怎么走？走近，接近的近，和走进，进入的进，是有区别的。走基层的核心是什么？我觉得一个是向下，沉下去，走得下去；一个是向内，要走到表层的背后，探寻本质。

向下，向内

走基层活动，央视在前方一共有300多名记者、编辑、摄像参与报道，我是其中之一。我特别记得5天前，那天是元宵节，看着夜空里最后的烟花，突然对这个春节有点恋恋不舍，因为自己还处在“新春走基层”的兴奋中，不能自拔也不愿自拔，希望把感触和收获好好整理、消化，变成今后工作的一种动力、一个方向。

前几天我们新闻中心自己也开了走基层的研讨会，让我们特别感慨的是，这次走基层给我们每个参与者内心带来的冲击，让我们欣喜的是，我们正在改变；同时我们也在用一种检讨的心态追问自己，因为我们在这次报道中所收获的，从另一个角度看，正是我们过去工作中的缺失。不过所幸，我们已经出发，而且我们有信心做得更好。

用身体验才能用心体会

我的同事钱江，就是做了《总书记来过我们家》的那位女记者，她跟我聊天，说在她另外一个走基层的采访中曾经跟拍过一个小姑娘，从北京回河南老家，坐火车、转长途汽车，她陪小姑娘聊了一路，第二天小姑娘给她发短信说“谢谢你陪了我一天，让我旅途不那么孤单。我原本以为你们记者只会问问题不会聊天呢，原来你们也会聊天呀”。这个例子挺让我们感慨的，我们是记者，但我们也是普通人，我们谁都不会承认自己不会聊天，我们每天随时随地都在跟家里人、跟朋友同事聊天，可为什么一拿起话筒我们就不会聊天了呢？我想关键在于我们把关注点放在哪了，我们关心的是片子，还是采访对象？我们把采访对象当作关心的主体，还是只是把他当成自己报道中的一个论据。

拿我这次做的《K1245次列车的春运故事》来说，如果我们只关心自己的片子，那我们完全可以这一站上车，下一站就下车，只要画面、采访拍够就行了，没必要耗两天两夜40多小时跟他们一起挤车，但是我们坚持要跟拍到终点，因为只有用身体去体验了，你的心才能体会他们的心。

走基层，重在走。怎么走？走近，接近的近，和走进，进入的进，是有区别的。走基层的核心是什么？我觉得一个是向下，沉下去，走得下去；一个是向内，要走到表层的背后，探寻本质。第一个走近并不难，但是第二个走进，进入采访对象的内心，就需要我们付出体力之外的其他的东西了。所以不是记者到了灾区就是走基层了，不是盘腿坐到老乡的炕头上就是聊家常、就走进他们的心里了。

我的另一个同事杨松涛，这个春节他一直在玉树灾区，他让观众看到了玉树地震后的第一个春节。其实重返灾区是一个没什么新意的角度，但是他的想法特别朴素，他就是想替全国观众去看看玉树的老百姓现在怎么样了，去看看那一个个经历过巨痛的家庭，看看那里的孩子们。但更让我敬佩的是他的报道完成之后发生的故事，那些并没有播出的故事。

有一天我在小杨的微博上看到他正在做一件事，就是通过自己的微博为那些看过他的报道要给灾区捐钱捐物的人牵线搭桥。他告诉我，他专门在灾区各个村子走了两天，这两天没有采访任务，他就是去看看孩子们还缺什么，然后发在自己的微博上，他说孩子们特别缺课外读物，这件事还在持续地做，截至昨天已经募集了1万多本书了。

举这个例子是想说这次走基层，我们每个记者学会了把采访对象当成自己的亲人，同时我们在这个过程中享受到作为一个记者的职业满足感，我们收获作为一个普通人因为做一件有意义的事而得到的快乐，我们洗涤了自己的心灵。

真问才有暖

作为主流媒体，反映当下普通人真实的生存和生活境遇，去认识中国、启迪中国、感动中国，我们责无旁贷。这次走基层，不管是我们最先自创的《回家的礼物》，还是《问暖》《在岗位上》，精神内涵是一脉相承的。我们就算是去拍《在岗位上》，也是去问寒、问暖的。

问，体现的是对一个亲人的关心，他的工作和生活处在一个什么样的境遇。暖，体现的是生活中的酸甜苦辣，他过得好吗？困境是什么？幸福吗？这些又是因为什么？我春节期间做过的另外一期节目是讲一个普普通通垃圾车驾驶员张波的故事，采访完的几天后，我收到了他发给我的一封3000多字的电子邮件，我知道他家没有电脑，问他，他说，一下班就跑到网吧里敲信，敲了三天才写完的。他在信里说："原来央视记者也和我们一样，过节不能回家跟家人团聚，坚守在岗位上。"

"原来央视记者也和我们一样"这是最打动我的一句话，这是张波对我的认同，是一个普通外来务工兄弟对一个央视记者的认同。我特别珍惜采访对象的这种认同，我觉得对我们最高的评价就是这些最底层的普通人他们没有把我们当记者、当中央台记者，而是把我们当成自己的朋友。

列车故事播出后，有一个素不相识的人在我微博上留言，他说："我也在宁波打过5年工，你的节目很真实，希望你们中央台记者多做这样的节目。"在我心里，这个陌生而温暖的评价，以及张波对我的认同，跟领导的表扬分量一样重，同样让我有成就感。

做一个受人尊敬的媒体，需要有一群受人尊敬的从业者。那如何获得尊敬呢？要想赢得尊敬，需要的不是采访技巧，是没有技巧、抛掉技巧，是作为一个人发自本能地对另一个人的关怀、尊重和真诚。

摘掉标签

走基层还让我想到我们该怎么做新闻，我想到四个字——摘掉标签。

再给大家讲个故事。前几天，我问了一个23岁的小伙子，我问他，新的一年里你有什么愿望吗？他说他想找个女朋友，我问他，你是不是想安定下来？他说："不是，我想环游世界，我想去非洲，我想带着我女朋友去非洲大草原看狮子。"这么有想象力的一个愿望，我想告诉大家，说这话的是我在车厢里采访的一位四川籍小伙。通过这个例子我想告诉大家，过去我们对外来务工者这个群体太概念化了，我们对他们的认识太笼统了，我们给他们贴了标签。但是反思一下，除了外来务工者，过去被我们贴上标签，被我们笼统地、概念化地去宣传的群体还有多少呢?想到这一点确实有些惭愧，所以我更珍惜走基层这样一个机会，让我能接近这个外来务工者群体。走进之后发现，他们是一个又一个鲜活的个体，他们的梦想、他们的愿望，他们的幸福与痛苦其实跟我们没有什么不同，我们应该为他们摘掉标签。

前几天新闻频道播出了列车故事的姊妹篇，正月十一那天，我们又坐了一次40小时的列车，这次是从重庆上车，跟他们回城打工。

我在车厢里发了30份问卷，问卷内有这样一个问题：在外打工你最看重的是什么？有20个人说是钱，可是还有10个人给出了不一样的答案：有的说"最看重的是自己"，有的说是"找到自己喜欢的工作"，有的说是"外来务工者权利的保障"，有的说"能够接触到外面的世界、开阔眼界"，还有一个说最看重的是"尊重和平等"……他们每个人跟每个人都是不一样的，但是以前这个群体为什么被标签化呢？因为我们没有去真正"走进"他们。

让人欣慰的是，今年的走基层，我和我的同事正在走近一个个看似熟悉其实陌生的群体，我们已经开始尝试为很多个群体摘掉标签。比如崔诺做的《漠河首站的青春》，让我们看到了当代年轻的石油工人真正在想什么；刘晓波的《大兴安岭的护林员》，我们知道了在大雪封山的大兴安岭，有一群艰苦却快乐的坚守者；《挖藕工的一天》，我们记住了那双冻变形的手，进而记住了这个默默无闻的群体。

特别要说的是我的同事谢宝军做的送留守儿童回家的报道，那个女孩一直不理解自己的父母，最后，看到父母的住处——破旧的厂房，缝隙里透出一丝光，女孩哭了，她说自己要努力读书，不让父母失望，这一刻，她终于理解了父母的辛酸。这一刻，观众也被感动了，感动的同时又体会到了当下中国的实际，这些才是生活本身的色彩。而我们展示真实的中国，是为了取得一种相互的体谅，是为了在这种体谅中推动社会进步。

我说的“摘掉标签”还有第二层含义，就是摘掉公众贴在中央电视台身上的“标签”。每次我去采访的时候，不管是玉树地震灾区、墨脱公路的建设者，还是列车上站40个小时喝水、上厕所都很艰难的外来务工者，当他们对我说，这里太苦了，你们真不容易啊，或者听到他们对我们说“谢谢”时，我心里都挺难受的。有时候我会想，如果是一个地方台的记者出现在同一个场合，会有人同样觉得很意外，去感谢他们吗？为什么中央电视台的记者跟他们肩并肩、面对面的时候他们会觉得意外？会格外地道声感谢？是不是因为我们过去走得太少，走得太不深入？

K1245次列车到终点站时我在站台上站了好久，就是想目送这些好不容易到家的外来务工兄弟，就想跟他们说声“辛苦了、到家了”。我在车厢里采访过的一个大哥下车后，突然上来拉着我的手跟我说："感谢中央电视台对我们西部农民工的关心，给你们拜年了。"那一刻我差点哭出来，不是因为这句话多感人，而是我觉得这份感谢太重，我承担不起，我们只是做了我们应该做的事。

他的这声感谢也像是一个鞭策，激励我们今后要用水滴石穿的坚持，一点点地把贴在我们身上的标签也摘掉，不管是在各种灾难现场的最前线，还是在老百姓、特别是困难群众最需要我们的时候，我们都和他们真正地在一起。

最后，作为一个最基层的记者，我想说，不光是在新春，在平时的每一天，每一个采访，对待每一个镜头前面的人，我们非常愿意继续沿用"走基层"的精神，真实记录这个正在变化的时代、真诚面对时代变化中的每一个人。用我们的坚持捍卫主流媒体的荣誉，担当起我们理应承担的责任。

III

「破与立」

文学家沈从文先生曾经训导他的学生说：“你手中有一支笔，怕什么！”我们都是手中有一支笔的人，要怀揣一颗敬畏之心用好这支笔。

守规矩与讲规律，在我看来，做好主题报道就是把这两者的关系摆清楚。首先要承认，守规矩和讲规律这两者并不矛盾，完全可以统一，即在守政治规矩的前提下讲新闻规律。

新时代已经到来，新闻界的新气象和新作为怎么开拓？思考这个问题时，我想到了不久前采访过的两个人，虽然行业跟新闻离得有点远，但是备受启发。十九大召开前夕，我采访了马云，其中一个问题是，他怎么看待创新？马云想了想，用三个“看”字回答我。他说，创新就是“用未来的眼光看今天，用世界的眼光看中国，用行业外的眼光看自己”。

我想到的另外一个人是王澍，他是目前唯一一位获得建筑界最高奖项普利兹克奖的中国人。我问他：“建筑中什么是最重要的？”他说，两个字：尺度。“什么是‘尺度’呢？”他说8个字可以概括：小中见大，大中见小。

如何开拓我们自己的“新”？我想，如果我们做报道时也能够用未来的眼光看今天，用世界的眼光看中国，用行业外的眼光看自己，我们一定也能在新闻宣传领域做出“新作为”。

如果我们也能像造一座房子一样去对待每一篇报道，把握好“尺度”，做到“小中见大，大中见小”，用我们的作品接通天线和地线，我们的报端、大屏和小屏上必定也会是一番“新气象”。

文学家沈从文先生曾经训导他的学生说：“你手中有一支笔，怕什么！”我们都是手中有一支笔的人，要怀揣一颗敬畏之心用好这支笔。在下笔之前，要先下好三种功夫——学懂弄通、做实宣传、凝心聚力。只有这样，才能通过我们每个人手中的这支笔 “讲清楚、讲明白、讲到位”。

还看今朝——喜迎十九大特别报道

倾尽全力去做一个节目到底能收获什么？这样的问题在做之前我从来不会去想。因为不想，当你回过头时，总能有意外惊喜。

人要勇敢，忠于自己

早上跑步时照例要听点什么。打开手机里的《2017晓说》，这一期高晓松和马未都马爷在聊他们有共同生活经验的老北京。话题从马爷年轻时是怎么开始搞收藏的说起。马爷说，说不清楚，就是痴迷、喜欢，什么都不懂，就是喜欢。高晓松理解了，就像他自己喜欢音乐，不弹琴就痒痒。他说，每个人心里都有一亩地，只能种这样东西，种别的就是活不了，种这个就能活，能长得好。不管种还是撂荒，这亩地就在那，只是很多人都没有找到最适合自己种的东西，有的人幸运地找到了。

听到这一段关于“种地”的讨论，我停下来问自己，做电视，算是找到了这颗种子吗？回想自己17年的职业生涯，到现在还舍不得转行，到现在还为做节目痴迷，应该是找到了吧。其实花两个半月的时间做这个100分钟的节目，从在一张白纸上涂涂画画的文字方案到变成了屏幕上一分一秒组成的画面，这个过程也像极了“种地”。

2017年9月15日，《还看今朝》浙江篇播出的前一天，我发了这样一条朋友圈：

7月、8月、9月，花两个半月的时间做一个节目，这在我十几年的职业生涯里还是第一次。艰难的过程中，有一次瑞涛说：“感觉就像看着自己一岁的孩子独自探险。”我回：“我拉着她的手呢，放心。”两个半月，我紧紧攥着她的小手，披荆斩棘、跋山涉水。我是一个妈妈，我知道攥着自己幼小孩子的手是什么感觉，嗯，就是这个感觉。有时你会坚强得超乎自己的想象，有时你也会无力得仿佛这世界只有你和她。

我紧紧攥着她的小手，攥着的到底是什么？我摊开手看了看，有我在浙江生活、工作6年的所有热爱，有我对电视新闻这个大学之后唯一一份工作的所有敬畏，还有对可爱到爆的浙江站和可爱到爆的浙江台的所有钦佩。说到底，就是不辜负，不辜负自己、不辜负团队中的每一位。

倾尽全力去做一个节目到底能收获什么？这样的问题在做之前我从来不会去想。因为不想，当你回过头时，总能有意外惊喜。最大的收获在我看来，是能遇到这么多有能力、有职业素养、有共同价值观的同路人，我想跟你们做一辈子的好朋友，你们一定也觉得我还不赖。

我最喜欢的一个姐姐前两天跟我说，逆境时，反倒是个很好的机会，能看清别人，更能看清自己。谢谢你们，这两个半月，我的手也一直被你们紧紧地攥着，一刻没松开过。

腾讯的《十三邀》许知远对话诺兰那一期，许知远问了诺兰一个问题：“你觉得整个影片拍摄过程中最脆弱的部分是什么？”诺兰说：这是一个很难回答的问题。因为一名导演的工作，也是我很喜欢的一点是，你不用对任何具体事负责，所以你的责任很宽泛，你要涉猎所有事情，每件事都做一点，所以，对我来说，这不是力量的问题，而是要“全面的平庸”。我差不多要在所有事情上都要懂得多、做得好，所以这很有趣。你周围有很多专家，我有梦幻般的摄像指导、梦幻般的设计师、梦幻般的剪辑师，所以我做的只是给予他们关注，并尽量激励他们。所以我喜欢导演这个工作，我不是必须要有一种具体的能力，我需要擅长一系列不同的东西。

听到这一段话我心有戚戚然。我从业十几年以来，最擅长的是自己做节目，7年前当了浙江记者站站长，我开始带团队，但依旧坚持自己的第一身份——记者。没有因为当了站长而放弃做一个记者。我也有带领团队干一个大节目的机会，在浙江尤其有这样的机会，比如连续4年在乌镇举办的世界互联网大会，比如2016年G20杭州峰会，但我也只是负责其中一个版块而已。这一次《还看今朝》，我作为整个100分钟节目的总导演，每一分钟都是按照我的意志来设计和实现。是头一次，既备感压力，也充满挑战，太刺激了！过程中的艰难先放到一边，播出之后回想起来，这是一件非常过瘾的事。

如果问我怎样做好一个100分钟的节目？我的回答是让每一分钟都精彩，才可能有100分钟的好节目。好节目是1%的创意+99%的执行力。浙江篇做得好，是因为执行力。我们不是只有一个看上去很美的方案。做电视的人从来不仅仅相信白纸黑字，我们更相信屏幕。

最近在看日本建筑师安藤忠雄的自传，其中他这么定义自己的建筑事务所：“我们并不是一个由指挥官与服从命令的士兵

受台风影响，直播前不到两个小时，我们才获得正式的起飞许可。图为直升机刚刚飞抵后，我们准备进行直播。左起：航拍摄影师萧洒、记者何盈、传输工程师朱海涛。（摄于 2017 年　杭州）

组成的‘军队’，而是一些怀着共同理想、信念和身负职责的个人，以自我为赌注，为了生存而组成的‘游击队’。”简单地服从命令还是怀着共同理想，决定了这支创作团队最终的作品的品质。推翻自己是最艰难的，而我们在这个节目制作过程中一遍遍地推翻自己，推倒重来，就为了精益求精。

决定一个作品品质的永远是这个团队的文化，而不是团队单个成员的专业能力。

标准

这个特别节目要求每个省做一集，一集90分钟左右，除此之外，当时的地方部主任申勇对这个节目提了另外两条要求：第一，节目要反应的是十八大以来这个省的“成就、发展、精气神”；第二，节目的品质上要实现三个“极致”，即极致画面、极致故事、极致表达。除这两条要求之外，再没有对节目有其他具体的硬性要求，其实就是给大家自由发挥的空间。这个空间在我看来像是一张空白的画纸，该如何绘就它呢？“成就、发展、精气神”这7个字说得特别好，但怎么表现？电视怎么去表达？《人民日报》靠直接写出来，我们不能“写”出来，靠什么？

阿里巴巴集团CEO张勇说：“思想是没法执行的，思想要转化成战略布局，演进成一个战略路径图——用什么人做什么事，以什么样的标准来衡量事情的效果。”而我要做的就是把这个节目的总体思想转化成战略布局，找到执行的最佳路径，选合适的人做适合的事，决定节目所要达到的标准并全程监控实施。

这一期浙江篇，我的想法是穷尽电视的各种表现手段，在报道形态上集大成，有航拍、直升机直播、现场直播、海采、人物特写、数说、MV等，为每个主题、每个内容找到最适合的形式，然后大要够大、炫要够炫、小要够小、情要足够打动人、接地气要真接地气。

浙江篇作为整个《还看今朝》首期播出后，很多人都认为这是主题宣传表达方式上的一次突破，有人说像是“一股清流”，也有同行说整期节目不同于惯常的主旋律报道，而是散发着“淡淡的味道”。用淡淡的味道做主题报道，想问你敢不敢？我们这么做了，敢的前提是我坚信最好的宣传是润物细无声的，换句话说，“看不见”的宣传才是最好的宣传。

利用《还看今朝》这个机会，我觉得自己也是在做一个大胆的尝试，这是十九大之前的一次重大主题宣传，我在讨论策划案的头脑风暴会上说，其实这里面涉及的所有主题，所有内容我们都做过新闻联播。而这次的挑战是怎样把同样的主题做得不像联播体，越不像我们越成功。我们的目的是宣传浙江5年发展成绩，而我们要讲的是一个个好听、好看的故事。

我想，敢的勇气还来自“标准”。2017年我分别采访了浙江的两位名人，也是各自领域内的翘楚——马云和建筑师王澍。采访中，我问过他俩一个同样的问题：面对质疑的时候，内心激励自己的是什么？马云的回答是，创业总会有质疑，充满了麻烦，不是你去解决就是别人去解决，谁解决谁就能成功。王澍说，他压根儿不在乎质疑，因为他知道自己在干什么，他不跟同行去做比较，因为没有可比性，所以他也不会在乎他们的质疑。我总结，他们内心都是有标准的人，而这套标准不是其他人确立的，不是行业树立的，而是他们有自己的标准，同时他们已经成为制定标准的人，因此，他们不怕被质疑。

反观自己，我们该怎么做？对得起自己，有时候也是一种标准。为什么不自信？为什么那么轻易放弃？你放弃的是你自己的职业判断、专业能力、政治把握力。想，总是问题；做，才是答案。

现在虽然都在讲融媒体这个概念，但是传统媒体人到底应该做什么？不管是什么渠道，最后优质的内容是可以打穿所有渠道和所有平台的。而我们还是应该安静下来，带着工匠的心去做我们擅长的事情，做我们更能够实现的事情，扎扎实实地去做内容。只要有好的内容，不愁新媒体不理你、网友不理你。传统媒体不用想方设法非要套一件所谓的新媒体的“马甲”，那个“马甲”穿上了就像皇帝的新衣一样，穿上了没有任何意义，反而把自己做低了。我们确实要有一颗互联网的躁动的心，我们要知道我们的受众喜欢什么，再用我们的优质资源去占领它。

人物永远是节目的灵魂

再来说说我对自己的反省。我手机里一直存着我自拍笔记本上的一页纸，上面的日期是2017年7月19日，这一天我记下了几行字。这是我们做报道方案的第19天，我突然意识到我差点犯了一个大错误。笔记本上写的几行字是这样的：“缺打动人心的人的故事：人才是时代的主角，代表浙江精神的主体；缺面孔：大时代里的小人物。浙江人是这个地方的魂，从他们的角度去看这个省，浙江才是活的，有生命力的。”

这两页纸是浙江篇之所以成为后来屏幕呈现的溯源，也是我的初心。对于我来说，对于这个节目来说，这一天是极其关键的，决定了最终我们做的是一个什么样的节目。决定了我们怎么去表达、怎么去讲故事。决定了这是一个冷冰冰秀肌肉的节目，还是一个看过让人心潮涌动，可以看出浙江发展真正原因的节目。看到浙江人、看懂浙江人，才能让观众真正读懂浙江。人物，永远都是节目的灵魂。

想清楚之后，作为导演，我决定在这100分钟节目里加入一个小版块。我们要做5个人物短片，用5张浙江面孔为浙江人画像。后来有一天，我突然想到了用4个字作为这个小版块的名字："浙就是我"。我们选择的这5个人全是特别草根的小人物，放大"人"的元素，这也成为整个节目的一个整体气质。节目里有成绩单，但是很大的比重放在了浙江人的面孔上。

为什么这样去想？我对浙江的理解是这样的，它没有什么资源，但是浙江能有这样的成绩就是靠浙江人和浙江精神。我们这5个人里有一个选择了浙商，选择了林东，这个短片就围绕着一句话：亏不怕，就怕歇。这是林东的妈妈从小跟他讲的一句话，这句话成了片子的核心表达。林东可能是在这么多风云浙商里特别不起眼的一个，但是他很有代表性。浙商能有今天，就是因为他们能从一次次失败当中重新站起来，他们是不会被打败的，更不会被打趴下，老一代到新一代都是这样。

林东是一个做牛肉干生意的商人，但他小时候的梦想却是做一个科学家。牛肉干做得好好的，愣要去涉足潮汐发电的事业，愣要去攻克世界级难题。因此他很有代表性。希望我们所有的短片不仅是看到采访对象做了什么事情，不仅是看到成绩，更多的是能够看到精神，而且这种精神是有普遍性和典型性的，这种表述方式能够让大家为之一动、产生共鸣。

特别节目为什么要选这些人物？就是希望用这些人物为浙江人画像。这个是在央视平台上播，是要给全国观众看浙江人是什么样子，所以我们会选择不同人物，甚至也选了“红日亭”，我们依然做出了温度，最后也是落到一句话上，主人公说的“就是要做一个好人”，没有什么高大上的表达，他就是觉得要做一个好人，做一个好人才会心安，这样的表达是让人接受的。

为什么这几个人物短片会选择这些普通人？因为浙江就是由千千万万的小人物和普通人构成的，他们才是浙江发展的一个底色。节目里会有精英，精英是以什么方式出现？除了马云是用小专访。我们用时最长的人物是横漂，横店的一个小女孩，是所有人物里面篇幅最长的，5分多钟，马云只有2分钟。我们后面有一个片子是讲浙江精神的，都是大家熟知的精英名人，他们只有两三句话，南存辉、宗庆后……两三句话集合而成一个短片，我们把大部分的篇幅给了普通人。我觉得只有这样做才叫“浙就是我”，而不是“浙就是他”，浙江不只是精英塑造成的。你也没法预测现在聚焦的小人物会不会就是下一个马云、下一个孙杨，我们选择在这些小人物正在奋斗的阶段，把更多的目光、镜头转向他们，这是我们选择人物时的一个理念。

很怕进入一个误区：做节目时容易铆足劲儿追求形式上的美感。拍摄要有想法，要有形式上的追求，我觉得没有错，但最终形式要为内容服务，否则就是空洞的形式。空洞的形式比没有形式更可怕。大到一个100分钟的特别节目，小到一个2分钟的小片子，道理是相同的，就是真比美更重要。

节目播出后，我收到了央视新闻中心副主任杨华发给我的微信，分享给大家："你这次带领着整个团队，跟浙江台勠力同心，为全国做了示范，做了精彩开篇。个中难以为外人道的艰辛，印证了那句话：人要勇敢、忠于自己、不枉此生。这是我的座右铭，送给你和团队。"

写于2017年9月

塔克拉玛干沙漠考古调查 探寻千年古城消失之谜

在系列直播节目开始前，我又反复思考，打开了另一个让自己纠结的心结，就是记者的感受该不该在直播里说。

世界存留于荒野之中

72小时，从沙漠到策勒到乌鲁木齐到杭州，下飞机后一下子钻进南方湿润的空气里，我意识到我要和塔克拉玛干真正地做个告别了。

33万平方公里的塔克拉玛干，当你步入其中时，对于它来说，你跟一粒沙差别不大；而当你走出它之后，它却结结实实地嵌入你的脑海里，从此，你的心里装下一块无边无际、神奇的沙漠，它的名字叫塔克拉玛干。

塔克拉玛干，解决了新疆曾经留给我的所有的谜团。我熟悉的阿勒泰，盛开着野花的草原上怎么会突然矗立着几尊石人？在南疆为什么维吾尔族老乡要把自己房子的门窗刷成天蓝色？阿克苏拜城的石窟怎么会有佛像？新疆除了有数不胜数的美景，还有并不为大多数人所知的历史、文化、宗教，每一片土地都有它的命运，新疆也一样，它的命运波澜壮阔、让人唏嘘感慨。

我们的驼队从和田地区策勒县出发，从沙漠边缘一路向北挺进沙漠腹地，行进到距离斯皮尔古城七八公里的地方，骆驼脚下踏出了一段白骨，是一双人腿，白骨被强烈的日晒镀上了一层闪闪发亮的金属色，是新发现还是……最后专家判断这是两年前一个当地驮工的尸骨，因为从衣服里翻出了火柴盒，不知道这个最终没能走出去的人当时在沙漠里遭遇了怎样一场灾难。这一刻，不用读史书，你就能理解为什么塔克拉玛干在维语里的意思是“进得去、出不来”。

先学会在沙漠里生存

2月，几乎是能够进入塔克拉玛干的最后一个时间节点，考古队队长巫新华说，每年进入3月以后这里就开始起风沙，别说沙漠腹地，就连策勒县城都会风沙蔽日。因此，沙漠考古的季节性非常强，避开沙尘暴和酷热气候是两个原则。

没有风的沙漠温柔得很，可一旦遇到沙尘暴，后果不堪设想。巫新华说他2012年4月遇到过一次黑风暴，人坐在骆驼上连骆驼头都看不到。新疆文物考古研究所的伊弟利斯也讲述了他近40年考古经历中的一个个“历险记”，沙尘暴被专家们异口同声地列为沙漠考古的首要大敌。因此，每年只有10月到次年2月这四个月时间是沙漠考古可能开展的日子，错过了，就要等下一年。

在塔克拉玛干，风是这里的主人，它暂时休息的时候，弱小的人类才有胆量进去。这一次，我们多少有些矛盾的心理，既祈福此行一切顺利，又暗自希望感受一下专家们说的沙漠中要人命的“黑风暴”。进入沙漠的半个月时间里，几乎每天下午3点以后开始刮风，刮到6点结束，然后进入寂静、寒冷的夜晚，昼夜温差达二十多摄氏度。

第三天下午采访完突然开始起风，比前几天都大，想正常呼吸、眨眼都困难，而且风向不定，漫天黄沙里看到扎营的帐篷像是要被掀翻，人马上变得焦虑起来，因为你没处躲、没处藏，到处都是沙子、沙子、沙子，只能任凭风沙戏弄。正赶上吃晚饭，那天随队的大师傅做的是羊肉汤，一人再发一个馕，硬硬的馕刚好个头儿跟碗口差不多大，大师傅发馕时心疼地吼了一句："快用馕把碗盖上！"接着跟我们这些没有沙漠生活经验的人开玩笑："知道了吧，这是馕的另一大功用——挡风沙。"其实我们根本没心思吃，一张嘴跟食物一起灌进嘴里的还有沙子，而且你根本拿它没辙，所有人都埋着头，几乎是闭着眼吃，而且得快，快了能少吃进去些沙子，吃到最后你最好别去仔细端详碗底——垫了厚厚一层沙子。这就是沙漠，你只能顺应它、由着它，要会忍耐。

我做的有个片子里记录了这样一个片段，就是饭后"洗碗"，在沙漠里骆驼背进来的只有喝的水，因此别妄想刷牙洗脸，当然洗碗也不可能用水洗，用什么？沙子！第一顿饭快接近尾声，一边坐着的巫新华队长告诉大家，"吃完了饭用沙子把碗刷了"，我以为他在开玩笑，却见他把碗用力塞进沙子里，熟练地转几转，再用干沙子一遍遍摩擦碗边，最后"当当"两响用筷子把碗里的沙子敲跑，亮锃锃的碗干干净净地重新摆在地上。这时候我才带着点疑惑把碗也照样子插进沙子里，从第二顿饭开始这样的不适应就不存在了，这里是沙漠，要改变的生活习惯还有很多很多。

破解"从何说起"的难题

央视以前对塔克拉玛干沙漠的考古也有过新闻报道，但却从未用过直播的方式，这次我们的节目是要随着沙漠考古专家团队，用直播的方式展现每一天考古调查的新发现，再加上提前做好的背景短片，用电视手段呈现不为人熟悉的塔克拉玛干古文明，并以文物说话，还原真实的新疆历史。于是，我们这支带着便携卫星传输设备（flyway）、卫星电话、摇臂、高清摄像头等设备的报道团队出发了。

2月18日，进入沙漠后的第四天，新闻频道进行了《沙埋的古城》系列节目的第一场直播。与此同时，央视中文国际频道、英语新闻频道、阿语国际频道等也展开同步报道。骆驼背上的考古队从和田地区策勒县出发，沿着达玛沟水系由南向北，从沙漠边缘走进了沙漠腹地，行程100多公里，而在半个多月时间里，我们的直播镜头向观众展示了最早的回字形佛寺胡杨墩佛寺，新发现的圆形喀拉沁古城，神秘的斯皮尔古城遗址，丹丹河古河道边的死胡杨林，充满传奇色彩的丹丹乌里克等一个个新鲜出炉的考古发现。

走出塔克拉玛干之后才可能这样或那样地去回想它，重新在脑子里描摹它，带些浪漫主义的情怀回味它。可当我们身在其中时，想的可全是眼下最实际的事情，今天的节目怎么做？这一个个保存千年以上的遗址从自身价值来说都意义非凡，可是在现场看到的只是沙丘中露出的一段土墙或者一排枯树桩，画面上只有一种颜色——沙黄色，单调的画面、单调的现场，一天接一天不间断的直播，如何让观众感兴趣？怎么样让枯燥的考古变得有意思？摆在我们面前的另一个困难是，大部分观众对西域历史文化缺乏了解，有强烈的距离感，直播中如果说得太专业，观众可能就会听得云里雾里，这些都是这次报道不好做的原因。

从何说起，是每天最纠结我的一件事，我也强迫自己一定要想出一个尽可能吸引人的开场白。能不能变劣势为优势呢？比如说，观众对西域文化陌生，但陌生也是好奇的源泉；沙漠考古枯燥，但观众可能对沙漠本身很好奇，毕竟这片世界第二大沙漠不是什么人都进得来的。

在系列直播节目开始前，我又反复思考，打开了另一个让自己纠结的心结，就是记者的感受该不该在直播里说。一般情况下，在新闻事件直播中记者要准确、客观地描述现场情况，少用感性的语言描述个人感受。我左思右想，还是在几场直播的开场中用了自己的感受，因为我想记者是“替”观众身临其境的那个人，因为很少有人能在塔克拉玛干沙漠里生活，所以对观众来说，在沙漠里生活的亲身体验和考古发现一样也是信息。

因此第一场直播我用自己在沙漠里生活了四天的亲身感受开场，希望用这种特殊经历的亲身感受来吸引观众对考古发现的兴趣。我说：“这是我们跟随考古团队进入沙漠生活的第四天，塔克拉玛干给我的感受可以用‘一大一小’来概括。大，塔克拉玛干是世界上第二大流动性沙漠，33万平方公里的塔克拉玛干相当于浙江、江苏、安徽三个省面积的总和；同时它又最小，怎么讲？看我手上的这一捧沙子，它是世界上最细小的沙子，稍微有一点风，沙子就随风飘走了，而这‘一大一小’又和沙漠考古有着密切关系……”

沙漠里的这段日子，每到一个新的遗址，也就是我们的下一个报道点时，我养成了一个习惯，就是会找个安静的角度一个人呆呆地盯着遗址看，盯得久了，看得入神，遗址好像自己就会开口和你讲故事。

在我们的第三个直播报道点斯皮尔古城遗址，我们要连续直播三天，每天我都逼着自己找一个细节开场。第三天一大早，我自己绕着古城转了好几圈，然后跑去向专家求证一个问题，是不是因为沙漠独特的气候和恶劣的环境才使得这个东汉时代的古城地表建筑能够留存至今？专家马上肯定了我的观点，又做了进一步解释，首先沙漠极度干燥的气候对遗址保存非常关键；其次，正是沙漠环境恶劣不宜人类生存，这个古城被废弃后没有再被后世人重新利用，因此才如此完好地保存着1800年前的原貌。

这一点让我很兴奋，我们眼前的所有东西都是1800年前的，我开始在遗址区域寻找，找什么？找让人难以想象的1800年依然没变的东西。我走到沙子里露出的一段篱笆墙前蹲了下来，用手摸了摸捆扎得紧紧的一排芦苇，今天的直播就从这说起吧。

“把芦苇捆扎在一起，糊上泥巴，这就是当时生活在这里的人做篱笆墙的方法，泥巴已经经历风吹日晒不见了，但芦苇还和当时一样，一点没变，这些比我的小拇指还细的芦苇可不一般，它们是1800年前的芦苇，现在依然保持原样。这就说明，沙漠特殊的环境像一个‘保鲜箱’，沙漠干燥的气候成为一种特殊的‘防腐剂’，将这些1000多年前的遗址保存了下来，让今天的我们有眼福一睹1800年前的古城生活……”

最后一天的直播在丹丹乌里克，这个在考古界和西域文化史以及佛教史响彻海内外的地方，对大多数观众来说却完全陌生。我翻阅了好多资料，在枯燥的考古调查报告中看到了一个让我眼前一亮的名字，那天的直播是这样开始的："今天我想从一个大家都非常熟悉的人开始说起，就是《西游记》里去西天取经的唐僧，史书记载唐玄奘从天竺也就是现在的印度取经回来走的是古丝绸之路的南道，他曾经在古于阗国逗留过10个月的时间，而我们现在所在的丹丹乌里克就是古于阗国的一个边镇，有专家推测当时唐玄奘应该来丹丹乌里克参拜过这里的诸多佛寺，而我现在就在一处佛寺比较集中的遗址现场……"

考古直播天生的劣势在于画面过于静态，沙漠考古又因为观众在背景知识方面的疏远而更不具优势，作为直播记者，要努力做足功课，尽可能地吸收背景知识，更重要的是要牢记直播一定要把镜头和时间留给现场，让观众看到并且努力勾起观众想去观看的兴趣。

世界存留于荒野之中

2月25日，我站在一望无际的大漠中说了此次为期半个月的考古直播报道的最后一段话："该到告别的时候了。再见，丹丹乌里克，再见，塔克拉玛干。"这段话说完后，我们的报道活动也圆满结束。但留下的思考却很多，也远不止考古报道本身。

塔克拉玛干像许许多多曾经繁荣现在荒芜的地方一样给我们启示：人们为什么会离开曾经的乐土和家园？沙吞噬了人们的家园、农田、果园，最重要的是占领了灌溉的水渠甚至河道，没有了水，人们难以生存下去，才放弃了家园，这片土地很快就被流动的沙丘踩在脚下，然后，了无生机，只有坚强的胡杨做的屋梁目睹眼前的这些变化，可惜它无法言说。大地深远，而我们以及我们的后代，也许还没来得及遇见更宽更广的世界，很多东西便永久地消失了……

《瓦尔登湖》的作者亨利·戴维·梭罗说：“世界存留于荒野之中。”在塔克拉玛干，有一段神奇的被沙掩埋的文明，古代文明是在亚欧大陆这个地理板块发生发展的，而古代文明发生发展是通过一个中介区域来实现的，这个中介区域就是丝绸之路，在丝绸之路最繁盛时期，全世界最好的文化产品都在这里出现过。而我们有幸走进今天的塔克拉玛干，在这一个个古文明遗址面前窥探世界的完整性。

这半个月的沙漠考古让我对“死亡之海”这四个字有了重新的认识。在这片死亡之海之下，被黄沙掩埋的是曾经的生机和繁华，不畏艰辛的沙漠考古工作者用他们的发现为我们揭开了这些神秘的过往，让我们对我们这个多民族国家的文化和历史有了更多的了解和认识，而这种了解和认识应该越来越多。

写于2013年2月

不管站在我话筒前的是什么人，我让自己的内心中立，让自己看着采访对象的表情，既不鼓励也不质疑，我要做的是尽可能用平和的提问让这几个关键人物说出他们想说的。

被什么碾过的

在网络上搜电影《罗生门》，会跳出这样一段话：

《罗生门》的意义在于真相被扭曲、被模糊，但更重要的是，不管是强盗、武士、武士的妻子或樵夫，都是软弱的人类，他们为了掩盖自己的弱点，就编造了天大的谎言使自己让外界看起来很伟大，符合美国前总统林肯所说的道理。

我们总认为真相就像真理一样一定会大白于天下的，但其实真相大白并不是自然而然的，它需要人的判断力。由于我们是相互撕扯的利益整体，大家都在为自己说话，所以很多时候我们是无法得到唯一的真相的。这就是罗生门的高明之处，它点出了我们不愿相信而又现实存在的这一点。

强盗说他很英勇地和武士比剑，赢得美人心；武士的妻子把自己形容成贞女烈妇；武士则透过灵媒自称壮烈的切腹；而唯一知道真相的樵夫因为偷了武士的短剑，始终不肯吐露真相，最后才在罗生门这个地方全盘托出。

“在温州乐清，这就是罗生门？”这是到乐清的当晚我在开心网上留下的一句话。

我们当记者的，应该做的也许就是找到通往罗生门的路怎么走，并想办法把人们带到那个地方。

乐清采访回来之后，每次过马路，或者看见一辆大货车从面前驶过，心里都会一动，会想象村长横穿马路从这头走到那头，想象车头接近他身体时的那个瞬间。

回来后，连着好几天临睡前都会想到钱云会，他本身就是一个谜，在温州这个地方，很多人做很多事都会问对自己有什么好处，而他，像个极端的异类。

钱云会出车祸的地方（在排除谋杀之后，未找到其他可能的线索之前我也相信是车祸，后面会解释为什么这么判断），不是我们想象的偏僻、泥泞的乡村小道，而是高速路口下来的笔直大马路，沿途密密地排着几个村子，通进村子的小路和这条主道呈垂直状，每个路口都挂着一个写着村子名称的地标牌，房子盖得也很密，盖到了大马路边上。平时这条路上的车并不少，当然路虎、宝马这样的好车也时常能看到。

新闻发布会开完之后的第二天上午，从我进村子的时候一直跟在我身后反映情况的一个男人，一直边说边跟着我出了村子。他说，你要去哪里我可以带你去，说完用遥控锁打开了停在路边的一辆路虎。

村子里盖的都是三层楼房，钱云会家一眼就能认出来，因为最破，准确地说那是一栋未完工的建筑物，只是用砖把房子砌起来了，青砖露在外面，房子里面的楼梯扶手还都是临时用竹子搭的，电灯也是临时拉的线，哂啷着。第二天进村子，我其实左右为难，跟警方说清去向的话，他们会贴身“陪同”，不说的话他们不一定不知道。

车到村口，我还是给何绍伟主任和制片人唐巍打了电话请教，何说："得说，先礼后兵，你是驻站记者，你得考虑长远。"唐说："你别以为你不说他们就不知道，当地的眼线多着呢。"我立刻给温州公安局宣传处黄处长打电话，果然人家马上就要过来，从乐清市到村子，我算了下时间，开车只需要不到20分钟，也就意味着我们只有20分钟的时间。我和袁暘、倪铮进村拍摄，谢岩鹏、马迅一边在村口马路上拍空镜，一边"放哨"。

只是村子里的采访没法进行，有村民在电视上看到我的采访，认出来了，越聚越多，我们走到哪，村民们哭天喊地地跪到哪，下跪的还有白发苍苍的老人，我一个个去扶，扶不起来，跪倒的更多。只好跟着在里面一直向我通报消息的《中国新闻周刊》的记者快步走进钱家。

钱的老伴从一大床被子里露出一个头，痛苦地闭着眼，像是很冷，透过这么厚的被子，我还能感觉到她的身体在发抖。她的大女儿的一只手伸进被子拉着她的手，跟她说话，她的眼睛已经不会看着你，像哭得太多已经累得哭不出来了。

村民们这时候全聚在钱家的楼下，大概上千人，最前面一排人跪着磕头，哭声、喊声，加上不停有人涌进这个未完工的三层小楼，这个破碎的家不堪重负，这栋三层小楼颤颤悠悠。见到这幅场景，你很难不受影响，如果你是一个平常人，也许很容易就加入他们之中，你必须理解的是，这些手无寸铁的村民剩下的唯一武器就是哭喊，你心疼，可你又必须理智，必须理智也正是因为哭喊是他们唯一的武器。

同情是一种美好的情感，但是同情救不了任何人。

柴静写过一篇文章，讲了一个故事：“美国有一个著名的白宫记者，叫海伦·托马斯，逼问过9任总统，进攻性极强，后来白宫特别在新闻厅给她专门设了把椅子，上面用小铜牌刻着她的名字，又用她的名字命名了一个奖项，盛誉极隆。她八十多岁的时候在书里回忆自己的职业生涯，曾经感叹美国新闻业的萧条，说‘不知畏惧、不带好恶地去报道，美国的新闻人忘了吗？’我自己的经验是，不知畏惧并不算难，不带好恶不容易。好恶是每个人都有的，不可避免，只不过，有记者这个身份，会约束人们表达自己好恶的本能，它要求你提供尽可能多的事实，而不是看法。”

从杭州到温州路上要开5个小时的车，一路上我们的采访计划也在随时调整。官与民是这起事件的两方，先采哪一方后采哪一方可能会决定整个采访的方向，我首先想到的是先悄悄进村，采访完村子再去接触官方。

为避免目标太大，出发前特意交代摄像不要穿统一的工作服，还准备了偷拍设备。路上一直在脑中搜索我的朋友圈里做调查报道的记者，电话一个个打过去问他们此时是否在现场，怎料一打一个准，《中国新闻周刊》的主编给了我他们已经到现场的记者电话，并交代记者向我们提供已掌握的线索和信息。中国调查报道牛人王克勤虽然本人不在现场，但是手下的两个得力干将正在调查，王老师也把联系方式发给了我，也表示可以通力合作。《中国新闻周刊》的记者刘子倩电话里告诉我，这时候，中心副主任梁建增和何主任经过研判后，指示我们直接去接触官方，我们是中央主流媒体，以我们的这块牌子去敲开官方的门要个说法。我完全领会这样指挥的用意，我们不天然地站在哪一方，当一个小村子已经挤满了200多个记者，用刘子倩的话说，“你来看看吧，你能想到的媒体都在这呢”。我的理解是，媒体不同，分工不同，他们被官方拒之门外，总有能让官方面对镜头说话的人，在这样一个众说纷纭、各执一词的事件中，最需要的是让各方面的声音都发出来，“声音”是个中性词，它可能是真相，也可能是谎言。就算是谎言，都说出来吧，让所有人去评判，怕就怕一方失语，另一方即使有再大的声势，都是让人怀疑的。

不管站在我话筒前的是什么人，我让自己的内心中立，让自己看着采访对象的表情，既不鼓励也不质疑，我要做的是尽可能用平和的提问让这几个关键人物说出他们想说的。在看守所采访肇事司机费良玉，让他回忆事发前后那几分钟他看到了什么，他回述的说辞在脑子里同时在过滤，这些问题他在看守所里已经有警察问过他许多回，如果一个人被买凶杀人，他一定提前被培训过被抓之后怎么应付审讯。他说的这些我都不让自己去作判断，毕竟他坐在铁栅栏的后面，摄像机对着他，所以他怎么说，为什么这么说，我都无法控制。反倒是跟案情无关的一些提问让我动摇了，我特意问了问他家人的情况。他说他老婆在医院，两个星期前就住进去了，怀孕了，还告诉了我医院的名字，他还有个9岁儿子，上三年级。采访完起身去拿桌子上的话筒时，费良玉看了看话筒上的台标，抬眼问我，你们是乐清电视台的吗？我说，我们是中央电视台的。他嘟囔着，中央电视台？我还以为你们是乐清电视台的呢。我问，你为什么以为我们是乐清电视台的？他答，我觉得这就是一个普通的车祸，怎么中央电视台的还来了。我没回应他。他突然看了一眼摄像机，又看了一眼我，眼神里有了一些不一样的东西，像是突然来个灵感，想知道答案。他问：“那你们拍的东西全国都能看到吗？”我说：“都能看到。”他紧接着问：“我们老家也能看到吗？”“能，能看到。”“那我能跟我父母说几句话吗？”“能，说吧。”然后他把脸偏向一点镜头，停了两秒，眼泪流了下来，“爸、妈，我做错事了，对不起你们。”

采访第一目击者钱成宇，我问他，他认为是谋杀的依据是什么？他说因为村长的死相太蹊跷：“把我们家32口人都拉到大街上让车来轧，看看哪个能轧成这个样子，被轧得像个蛤蟆一样。”这就是第一目击者钱成宇认为不是车祸是谋杀的依据。

在村子里调查的《中国新闻周刊》刘子倩说，问了村子里很多人，确实所有人都是从钱成宇那里听到“四个保安按倒村长”的“真相”，然后这个流言以几何倍数在当地、在网络上扩散。为什么一句脱口而出、发泄情绪的呓语狂言会更被人相信？一场被全国围观的车祸，更应该去关注的是这个村子在这七年中到底发生了什么？这其实才是为什么一起普通的交通肇事会点燃这么大一场风波的真正原因。

昨天接到电话，《中国新闻周刊》的记者刘子倩和《新闻调查》的记者同机飞回北京。在乐清，我和他们是并肩作战的战友，互通有无，对彼此了解事件进展都起到至关重要的作用。他们在做的就是讲述这些背后的故事。这次在墨脱，崔岩同学说："盈姐你给我印象最深的是在山西做煤炭资源整合时说过的一句话，你义愤填膺地说'我哪一边都不站，我只站在道理的一边'。"我都忘了自己这么愤青过，但这确实像是我说出的话。其实这句话也是常识。

离开乐清，电话一直不断，柴静也给我打来电话，我坐在路边的一把竹椅上，愤慨却无助。我不愿一走了之，我和所有人一样希望看到真相，哪怕这真相不是非黑即白，哪怕只能换来一声叹息，哪怕谁对谁错都让人难判，但是情与理之间我们应该站在哪？我们站在我们应该站在的位置上才是最正确的。

第二天回到杭州后，正是新年的第一天，我群发了一条短信，分别发给了派我去乐清的何绍伟主任、值班主编唐巍、柴静还有策划部的张继宏：

"今早打开微博，看到有人@我说'你是对的'，这是最好的新年礼物，我会继续做一个问心无愧的央视记者，坚持自己对这份职业的理解，我仍然会关注没有钱云会之后的那个村子的未来。"

因为知道我的纠结，继宏哥哥一直在跟我联系，前天给我打电话说，孙台指示让《新闻调查》做七年之痛的真相，《焦点访谈》也有可能要转播，张说这是值得宽慰的消息，特别想跟我分享。我在开心网上记录："继续调查，如我所愿。为这份职业和这些英明的领导叫好！"

写于2011年1月

候鸟迁徙之西藏追鸟小分队

团队的力量总是大于个人，当你在节目中获得一点点成就时，其实只有你自己最清楚，你的身后有多少双手在不计回报地托着你。队友咬着牙不松手，才有你的精彩呈现。

我们故意“制造”了意外

藏北高原、6天、800多公里，我们这群人，既是在追鸟，也是在追寻电视直播更多的可能性。

候鸟迁徙是地方记者部连续两年做的特别项目，我参加的是第二年的项目，跟前一年最大的不同，是这一年增加了三支“追鸟”小分队，分别跟着大天鹅、黑颈鹤的两条迁徙路线一路追踪。策划这次大型特别直播节目的申勇主任说，希望三支追鸟直播团队能打造节目亮点。

候鸟迁徙是新闻吗？既是，也不是。说它不是，因为它属于常识，每年到迁徙季，候鸟们都一路向南飞赴越冬地，风雨无阻。说它是，因为媒体还没有大规模地报道过候鸟迁徙，可能Discovery和各种纪录片拍过类似题材，但是以新闻的视角，以现场直播的形式展现，还属首创。换句话说，对受众来说，这算新知，新知即新闻。也正因此，三支追鸟小分队在鸟儿们的迁徙季沿着它们的迁徙路线一路追，每天移动直播，鸟在天上飞、人在地上追着直播，也最能体现电视新闻直播此时此刻的特点。

当然，另一个问题摆在我们面前，如何把一个每年都在发生的常态事件注入当下性？换句话说，今年做直播跟去年做直播，跟明年做直播有什么不同？这也是主创团队在设计这类题材的直播时需要思考清楚的问题。我们的破解方法是给这个持续6天的大型直播特别节目找到应景的内核。

所谓内核，就是为什么做这个直播？我经常引用3个同心圆的思维模式，what？how？why？做任何事情无外乎这三个维度，即做什么？怎么做？为什么做？具体执行的团队只需要关注前两者就可以了，也就是做什么和怎么做，主创策划团队要在启动节目之初先想清楚为什么做，这一点至关重要，因为这是撑起整个节目的顶梁柱。

这次大型直播的主题是“生命共同体”，每个直播小分队都要在自己的每一场直播中融入这个主题。鸟的迁徙跟生命共同体有什么关系？怎么把自然类直播跟带有政治意味的主题进行匹配？我们的破解方案就在这篇手记里。

创新，从组队开始

出镜记者组建自己的报道团队。

有一天，我接到直播组刘晓佳的电话，她说，你是出镜记者，也是小分队的系统负责人，你自己搭建技术团队，自己选现场导演。电话激起了我对这个项目的兴趣。在以往类似的特别节目里，通常的操作模式一般会先派出一支主要由后期编辑为主体的策划团队到前方去承担导演的职责，他们会踩点、了解情况，设计技术方案以及确定主要内容，形成方案后，再选择出镜记者，记者按照导演绘制好的施工图实施。而这次是先选择出镜记者，由出镜记者自己兼导演，从技术系统搭建到节目内容设置，从确定行进路线到每一场直播出镜点的选择，对整个报道从始至终负责。这种模式我觉得还是挺突破以往的，出镜记者负责制的好处是从一个灵光一现的创意到最终屏幕呈现，想法可以贯彻到底。

我们的这支追鸟小分队是这样构成的，除了我之外，李欣蔓是现场导演，主摄像兼野外生存指导是汪成健，我们这一队所走的路几乎都是藏北高原无人区，汪哥丰富的野外生存经验是团队特别需要的，导播马迅，摄像团队由杨少鹏、谢岩鹏、汪圣云组成。

特别要提到我们的三位司机，旺扎、李文刚、赵富顺，在藏北高原每天都要行进几百公里，经常宿营在野外，没有他们对路线的熟悉和敬业，我们的工作无法顺利开展。特别是我们团队中唯一的藏族兄弟旺扎，因为我们一路追鸟，需要探访当地牧民，旺扎还承担了翻译的工作。电视新闻工作者最不同的一点就是我们永远都是一个团队在战斗，团队的力量总是大于个人，当你在节目中获得一点点成就时，其实只有你自己最清楚，你的身后有多少双手在不计回报地托着你。队友咬着牙不松手，才有你的精彩呈现。

因为出镜记者自己兼任导演，所以我们需要提前一周把路线跑一遍，然而打开地图时我们实在有点犯愁，究竟跑哪条路线最合理？西藏黑颈鹤不像四川境内的鹤安装过GPS，通过几年的观察，基本可以明确迁徙路线，我们要追的这个种群的鹤即使专家也只能模棱两可地推测它们的迁徙通道。唯一可以确定的就是一头一尾起始点，也就是繁殖地和越冬地。面对这么多不确定性，我们决定要随队带上一位专家，让他为我们提供尽可能多的线索，为我们做指引。

在跟专家反复研讨，又跑了一下路线后，我们这支小分队在出发前就定了报道方向：首先，我们不把主要精力放在严肃的科普上，因为我们发现，对西藏黑颈鹤种群的研究目前还存在太多的盲点，因此我们要把精力放在直播怎么做得好玩、有趣上；其次，三组追鸟小分队要有各自的“辨识度”，因此，我们这一支小分队在每一场直播中，无论镜头设计还是记者表达都要有自己的鲜明特点；再次，我们的“追”更多的是“追寻”，而不是追鸟，因为大量的研究盲点决定了我们其实基本上追不到鸟，我们的“追”应该做出寻找和探秘的感觉；最后，我们这一路要从始至终，突出我们“追”的特点，做真正“动”起来的直播。

顾彼才能不失己

在设计每一天每一场直播的时候，我们都特别关注一点，就是找好自己的定位。在一个大型节目中，要牢记一点，你不是一个人在做节目，要时刻想到，我只是一个大项目中的一个组成部分，不要总想着自己这一部分表现得多出彩，不要总想着技压群雄，而要站在整个大项目的角度想想目前这个大节目还缺什么内容？还缺什么角度？学会补位。

不过，前提是正确看待补位，并不是做边角料，而是看到缝隙在哪，把缝隙放大才能找到舞台。与其做得更好，不如做得不同。这也让我想到有一次跟白岩松大哥聊他在巴西里约奥运会开幕式的“白式”解说，那个让人眼前一亮的开幕式解说一下刷遍全网，很多帖子的标题是“白岩松一人承包了开幕式所有段子”，还有人说，“有了白岩松，本届奥运会开幕式有了两个版本，CCTV5的正常版和CCTV新闻频道的段子版”……

我问他诀窍，他说其实特别简单，就是在别人最不关注的部分投入最多的精力。我们想想那个开幕式网上刷屏最多的是哪些内容，比如他说：“其实中国代表团西红柿炒鸡蛋的服装还好吧……毕竟中国人第一个学会的菜就是西红柿炒鸡蛋，算是中国人的国民菜，低调又平民。”“日本在巴西的移民和二代最多，现在就像是主场，不过过几天他们应该就能体验到巴西的日本料理是真不正宗……”

白大哥说，准备这场开幕式解说，他把很多的精力放在了运动员入场这个环节。长达3至4小时的运动员入场式往往被观众认为是“垃圾时间”，后面的演出部分一定精彩纷呈，解说出不出彩没那么重要，而入场式也是最容易被报道团队忽略的。把精力放在这部分，从最后的播出效果看，果然“白式”解说最出彩的正是这个部分。

我们这一路因为都在高原，大部分是无人区，信号极其不好，只要有网的地方，我、欣蔓、少鹏几个人就会去看其他几路直播的团队做了什么内容。我们发现在黑颈鹤繁殖地蹲点做直播的几路记者几乎都在做大量生动有趣的科普。关于黑颈鹤的知识就那么多，如果每一路直播都在做科普，内容一定会有重合，因此，我们更坚定了最初的想法：做得更好，不如做得不同，我们要做真正的“追”鸟直播，仔细比较会发现，我们这路团队其实是把关于鹤的知识说得最少的，因为其他多路记者都做了，再精彩的解说，一旦重复，就成了累赘，作为报道者，应该更多地站在观众的角度构思我们的节目。同样，我们这一路单拎出来，也没法看，就因为我们跟大家互为补充，才有整个节目的完整性。

既然只有我们“在路上”，什么是在路上？怎么样才有“在路上”的感觉？怎么样才能让观众跟着我们的直播体验“在路上”的感觉？剧情未知、路线不明。我想，在路上唯一能确定的就是“不确定”。看和探，虽然镜头聚焦的都是鹤，但直播设计应该有差异，如果驻点记者要完成的是“看”鹤，追鸟记者要做的则是“探”鹤。

直播是“设计”出来的

申勇主任在策划会上说的一句话让我记忆很深，他说，“直播不是说得越多越好，而是要让人留下印象，一场直播里哪怕让人记住一座山或者一条河就算成功了”。 他还说“追鸟小分队一路一只鹤也拍不到也没关系，这不是你们的任务”。但是说鹤迁徙的节目没鹤怎么办？我们的想法是，没鹤也要嗨起来！我们的每一场直播里都设计了“自嗨”环节。但注意，千万不能为了自嗨而自嗨，那就成了自恋了。我认为电视直播最怕的就是显假OR端着（自恋）。做节目其实是在做自己。

我把所有的电视直播按主题分成以下几种类型：时政（比如全国“两会”、G20、世界互联网大会等）、灾害报道（台风、地震、泥石流等）、大美自然（钱江潮、候鸟迁徙、藏羚羊）、重大工程（港珠澳大桥等），这样看起来，能“玩”起来的直播其实只有第三种。这种直播也应该充分地玩起来，因为这类题材更需要记者的“代入感”。这次我们让6场直播既成为一个整体，围绕探寻、探秘去做，记者在语态上打造自己的特色，同时，每一场直播都有自己的“嗨点”，有设计，制造期待感。

“嗨”点从哪来？

我们故意“制造”了意外（没错，屏幕上的意外都是“制造”出来的），没想到获得了意外的播出效果。

【镜头设计上的意外】第3场

这场直播中记者在出镜过程中直接采访正在掌机的主摄像汪哥，把主摄像作为采访嘉宾，让他谈在路上拍到黑颈鹤的情况，直播镜头设计的时候就是为了制造屏幕上的意外。这种突然打破常规的视觉冲击，比让汪哥站在一边等记者采访要更吸引人。

【动起来的意外】第4场

追鸟的困惑：明明累得要死，直播看起来还是静态，怎么破？

有人说，这场直播结束后，很多同事给我发微信说，看了这场直播真的有“追”的感觉了。其实，在直播现场我们只挪动了10米。我们一路奔袭800多公里，如果观众看了直播还是觉得静态，是不是很冤。我们每天赶路、赶路、赶路，就因为在直播里动了这10米，大家说，“哇，他们在追鸟”。这10米给我的触动和启发特别大，我们是“追”鸟和“看”鸟真的就差这10米吗？其实专家演练的时候还问我，还要不要再往前，我说不用了，因为我们的线不够长，10米足够了。10米确实足够了，一场平淡的直播与好看的直播之间很多时候往往就差这10米。

我想详细“解剖”一下这10米是怎么设计出来的。

这一场直播其实说白了就三部分内容：首先记者介绍位置，这个地方是途中的夜宿点，有鹤；然后，说一段我们前一天拍到鹤从头顶上飞过的画面；其次，采访专家，介绍时间为上午9点半，以及夜宿点的鹤有哪些特点；第三，来一段看图说话，我们直播前拍到了鹤群边上有只藏狐。

如果记者站在那里对着镜头用吧啦吧啦说的方式完成这场直播，很难让人记住。于是，我们就开始“加料”，加什么料——场外信息。同样的内容，用不一样的方式呈现，再把三部分内容“黏”起来，大家就有看电视剧的感觉了。加了跟专家一起像“鬼子进村”一样向前行进的10米，加了现场导演欣蔓抱着监视器“乱入”打断直播的戏。这也是我常提到的“真实”和“真实感”的概念。有人说这场直播特别“真实”，其实我想说这场直播只是特别有“真实感”。

导播马迅在头一天讨论时说，“他要像切电影大片一样切这场直播，把情节切出来”。我们设计了一个外部镜头专门拍我、专家还有摄像三个人向前行进的过程，而且不知道大家注意到了没，这个机位故意很远，有意把摄像机架设在牧民的网围栏外，透过铁网拍我们，就是故意营造偷窥的感觉，以增强真实感。

机位怎么设置，镜头怎么给，怎么切特别重要。如果离得很近，跟着我们拍，出来的感觉就很刻意，我们和专家的碎步移动就会显得假、做作。而汪哥的主机位是我们的主观视角，晃悠着往前移动，马迅在我们移动过程中还特别切出鹤看着我们的镜头，对切。这些都是我们反复琢磨、演练的细节。天马行空地想、小心翼翼地做。像剪片子一样做直播，一场直播里面也要一场戏一场戏地设计，把递进感做出来，直播才会有流畅感，才会减少观众的视觉疲劳。

【转身的意外】第6场

不管是“自嗨”还是“玩”，都是带引号的，都要时刻记住我们的主题，我们做这个候鸟的节目不是纪录片频道，不是娱乐节目。我们的主题是“生命共同体”，所有的形式都是为内容服务的，用更吸引人的形式最终是为了让人看得进去、看得下去。只有看进去了，才有机会跟他说说我们真正想表达的主题。

第6场的结尾设计缘于两个想法，首先追鸟小分队是这次节目重点推出的，跟去年最大的不同，申主任一再强调要全力打造，第一场有专门的亮相，追到最后一天，也应该有个结尾，有始有终；第二，第一场亮相我直接点过题——生命共同体，但那是用两个现场能看到的视觉信息，一是人的家园与鹤的家园紧紧相连，人把更好的土地让给了鹤；然后，是藏民的习惯，喂野生鸟。最后一场我觉得也应该用一个巧妙的方式点题。我最后的转身形式上是给观众再次制造意外，内容上是想表达这两个意思。

一直在强调小分队的概念，镜头里也要有小分队的感觉，最后一场大家集体亮相，但如果只是为了亮相而亮相，就显得自恋，不好。我们团队商量讨论了一晚上怎么出这个集体亮相。欣蔓提出了一点，一下破题了，她说，我们在看鹤，鹤也在看我们。我们设了一个无人值守的机位，一开始一直藏着，这个摄像机其实我们想象它就是一只鹤。这样，我的转身，我们所有人的亮相就有主题了。我那天醒得很早，钻在被窝里一直在憋一个词，这个词是我对生命共同体的理解，而且要不同于第一场亮相时的理解，追了一路的鹤，理应有更深入的理解，当“平等”这两个字突然蹦到我眼前时，感觉一切都完美了。它解决了一个我什么时候转身最合适的问题，就像编片子时我们要找一个剪辑点。我最后一段话说“6天、800公里，这一路，我们一直在关注黑颈鹤，关注候鸟，其实也是在关注我们自己。我们一路追鹤、看鹤，或许鹤也在看我们。我们之间是平等的。平等，是一路追鹤之后我们对生命共同体的全新认识。”我跟马迅约定，说到“其实”这个词时切那个鹤的视角。关注鹤，也是关注我们自己，这就是生命共同体。人看鹤、鹤看人，这个镜头完成了视角的转换，同时也让小分队所有人亮了相，真的是所有人，站位提前演练了，司机都亮相了。转身之后，简短地跟大家说声再见。就是趁观众被这个意外张大的嘴巴还没合上呢，赶紧说拜拜。不能长，长了就是自恋了，招人烦。还是那句话，所有的玩都必须有内容，不是为了玩而玩，不是为了炫技而炫。

最后，很高兴，我们这支小分队没有束缚住自己，而是尝试了各种可能性。

写于2016年10月

新疆新发现

卡迪拉克从没喝过雪碧，喝第一口时，他瞪着眼睛问我：“姐姐，这是酒吗？”

在干涸的大地上张扬着生的力量

在新疆，我已经有两匹马了。

一匹在吉木乃，2010年初那场阿勒泰的大风雪，我们用镜头记录了吉木乃人在风雪中的顽强，还有那只从雪堆里扒出来，叫“雪儿”的小骆驼。那是第一匹拥有自己名字的小骆驼。

雪灾过去，我在北京接到电话，说当地牧民把一匹刚生下来的小马驹送给我，那时候北京已经阳光明媚，而阿勒泰仍旧冰雪覆盖。另一匹马在昭苏大草原，伊犁种马场的党委书记赖法明指着一群在草地上吃草的母马说：“再过一个月，我们的第三代改良伊犁马就下来了，送你一匹，希望你能记住这个地方。”

两匹马我都欣然接受了，因为在新疆，为远方来的贵客赠马是一种习俗，四季游牧的哈萨克族牧民热情好客，毡房一拆，整个家就都在马背上了，他们没什么能送给喜欢的客人，就会指着家里刚出生的小羊崽、小牛犊、小马驹跟客人说，这个送给你，客人欢喜接受并不带走，主人希望有一条小生命在他们家，客人能再回来。我和我的两匹马都未曾谋面，也可能没机会再相见，但心里却因此对采访过的这些地方、这些人心存感念，希望这些顽强和意气风发的新疆人能有更好的生活、更好的未来。

中央新疆工作座谈会召开一年后，我又去了新疆，这个系列的总标题叫《新疆新发现》。对我这个多次去新疆的人来说，这次还能发现什么？从杭州到新疆，划过车窗的景物、空气的湿度都发生了改变，这里还是我曾熟悉又有些新鲜的那个新疆，我的神经也立刻调整为新疆状态。在新疆，最该发现的是人和这些人做事时的那股劲儿，讲新疆一年后的变化，其实能用眼睛看到的只是冰山一角，最本质的变化是人心之变。

一个河南农民一年前来新疆承包下几百亩地种特色水果，干得热火朝天；约见一个新疆社科院的专家，他从包里捧出一摞发黄的报纸和期刊，告诉我十几年前他就写过这样的研究文章，却一直没被重视，“很多内地的社科院邀请我去，我现在特别犹豫，我在等，新疆终于等到好时候了”；我们采访的伊犁种马场党委书记赖法明，因为一篇文章被从一个县的县委副书记调到技工学校当第四副校长，两年前，又是一篇分析伊犁州县域经济发展对策的文章被自治区看重，调到伊犁种马场当书记，上任前领导对他说，国有农牧场的转型升级没有经验可循，你放手干，希望你能闯出一条路子来。

屏幕上的赖法明谈工作时侃侃而谈，眉飞色舞，但其实他不是一个会聊天的人。刚认识他时会觉得他不苟言笑，甚至沉默得有些威严。他把老婆从伊宁市的中学一起带到偏僻的马场当老师，他说，老婆的工作不难做，两口子就该相互照顾，我让她来，也是希望场里的职工都看到，我赖法明来这里不是把这当跳板待两年就跑的，我是要扎下根来，踏踏实实在这里干事的。

赖法明触动我的不是他做的一两件事，而是他把马场的机关干部都调动起来，很多人的心变了，变得有朝气、有干劲，坐在他们中间，你也会被感染。

马场的机关大楼里只有下雨天能找到人，只要是晴天，机关干部甚至连厨房的大师傅都出去干活。干什么？给牧民们拉围栏。在空旷的草场上，分辨男女有一个办法，把自己连头到脚裹得严严实实的就是女同志，草原上的紫外线强，她们也怕晒黑了不美，手套要带两层。可总有防护不到的时候，导致胳膊和手两个颜色。

一个办公室主任跟我说，手变难看了，一开始都不好意思伸出去跟别人握手，后来大家都变成这样了也不在乎了。但她们很有成就感，说刚开始不会干也干不动，一天只能挖四个桩坑，现在一天轻轻松松就能挖二三十个了。问她们天天这么干体力活累不累，不抱怨吗？她们爽朗的笑声透露着真的快乐。

中午的午餐就在围栏旁边的草地上，把带来的报纸一铺，像变魔术一样各自拿出早上从家里带来的饭菜，二十多个人围坐在草地上，在这个餐桌上，你可以吃上好几个民族的食物，维吾尔族的大薄馕、哈萨克族的小圆馕、汉族的白馒头、克尔克孜族的大饼……汉族同志跟我说，刚开始带饭都会注意不带非清真的，怕民族同志不高兴，后来大家混吃混喝熟了，民族同志主动提出，你们想吃啥就带啥嘛，我们的筷子不往你饭盒里伸不就行了。我们采访赶上的这顿饭果真就出现了一盘熏猪肉肠，在新疆这么多次，真的从没见过这样的情景。这时候你才能体会到赖法明说的，“这片热土是我们共有的家园，要不分你我地共同建设它”。

这次发现之旅的第二站是中巴边境的塔什库尔干——“冰山之父”慕士塔格峰所在地。两天之内从北疆的伊犁大草原到南疆的帕米尔高原，海拔提升3000多米，从满眼绿色到一片戈壁大漠，你会感叹新疆有多大，中国有多大。

为了学汉语读了两遍小学的塔吉克男孩卡迪拉克，一开始并不是我们的采访目标。他是我们在塔县小学里转悠时偶然碰到的一个孩子。他性格很外向，特别愿意跟我们亲近，我很感谢他，因为这个闭塞的小城很少有外面人来，他跟我们的亲近，让其他孩子放下羞涩也很快跟我们熟悉起来。

这些纯朴的孩子一旦放下对你的戒备，表现出的亲昵甚至让你心疼。男孩子们会不停地要求跟你合影照相，女孩们搂着你把你抱得紧紧的，生怕你被别人抢走。我就这样跟他们在学校附近的草场上玩了半天，孩子们玩的游戏特别简单：围攻草场上吃草的牛，制服它然后骑在牛背上；捡几颗石头，抛一个到空中再抓地上的石头一起接住；围成圈跳塔吉克族的鹰舞……

卡迪拉克从没喝过雪碧，喝第一口时，他瞪着眼睛问我：“姐姐，这是酒吗？”我们离开塔县上车时，这个17岁的小伙子悄悄抹了一下眼泪。然后每天我都能接到一个他打来的电话……已经三天没有电话了，我有点担心。卡迪拉克小学毕业了，我们走的第二天他也坐上回家的车，他的家在200多公里外的一个牧区，只能坐一天的车，剩下的100多公里全要靠脚走，要过几条大河，要翻几座山，要走好几条悬崖。

卡迪拉克特别喜欢学习语言，他知道学好汉语和普通话就能走出大山，走出戈壁滩，可以去他想去的北京，还可以当球星。

他已经17岁了，才小学毕业，我真的有点怕他放弃自己的这些梦想，这种想好好学习改变命运的愿望。对于他们来说，像祖祖辈辈那样放牧照样可以生活下去，外面世界的精彩与他们可以完全没有关系，因为他们很少能看到。但我希望至少卡迪拉克别放弃，因为他那么喜欢学习，他谈到他喜欢的课程时像是在谈一个喜欢的游戏，学习给他带来的是快乐，更何况他那么想知道外面的世界是什么样的。

片子的结尾，我用了一个卡迪拉克离校远去时的背影，再开学时，他就要去300多公里外的喀什市读初中，求学路更远了……在强烈的阳光下，他的背影瘦长、深黑，用了他的一句话结尾：我想好好学习的时候，我就不觉得远……

想一直关注这个孩子，想看到有一天他读高中、读大学，然后把他曾经的梦想和为梦想努力的故事传递给下一代……

新疆有一种树叫胡杨，是世界上最古老的树种之一，生长在沙漠和戈壁里，号称千年不倒，在干涸的大地上张扬着生的力量。在新疆，只要你稍微留心，停下脚步，坐下来倾听他们的故事，与你擦肩而过的人可能就是一棵胡杨。

写于2011年5月

【未完待续】

几年过去了，我和我的两匹马还未曾谋面，但我们为什么一定不可能再相见？这篇采访手记里提到的赖法明，在节目播出两年后意外离世。听到他去世的消息，我的眼泪一下子就掉下来了。那个叫卡迪拉克的小伙子隔几个月还会给我发个短信，问我过得好不好，工作忙不忙。他现在应该已经结婚了吧，他有没有实现自己当年的那些愿望。我也想知道现在的他过得好不好。节目播出了，生活依旧继续，采访结束了，对我们来说，这只是一次采访经历，对采访对象来说，这就是他们的生活。我曾有一个心愿，回到每一个报道发生的地方，看看故事里的主人公他们几年后发生的改变抑或是没变。

中共一大会址迎来参观热潮

意义永远都包裹在新闻事实里，而不能成为新闻本身。

给自己松绑

一笔一画，磨炼的是一种态度

最近在写毛笔字。洗手、润笔、用裁纸刀把一张大大的元书纸破成三段，点上一支香，一页纸写完，香正好燃完。

没有上过任何书法班，我就是照着喜欢的字帖临帖，朋友说我给你介绍个老师吧，我表面应承，心里并不真的答应。

我从不说自己在练“书法”，只说“写字”。书法是艺术，我的字跟艺术永远不可能沾边，只为享受一笔一画之间的乐趣。

我有时想，就算天天这样写，也可能永远都是一个小学生的水平，那又怎么样？愉悦已经在“一笔一画”之中得到了，足够。

一笔一画地写字，磨炼的是一种态度吧，做很多事情都可以借用这样一种态度。就像王澍书里写的，“面对世界的态度比掌握知识的多少更重要”。虽然我很喜欢这句话，但“面对世界”跟眼下想说的事情比有点夸张，不过，做好手头的事情，有时候就应该化繁为简，用最简单的方法去对待，反而错不了。

11月27日中宣部在上海一大会址举行一个名为学习贯彻党的十九大精神“新时代新气象新作为”大型主题采访活动的启动仪式，我接到台里任务去上海参加这个活动并作为央视记者发言。晚上6点半，刚下高铁，接到地方部联播组制片人张宇珺的电话，语气很急，说知道我在上海参加活动，有一个片子要发联播，但杨华主任审过之后不满意，希望我牵头带着上海站记者重新做一下。听到“牵头”两个字，我心里一“咯噔”，第一反应一定是一个大片儿，第二天我要参加活动，担心自己能不能腾出手去操作这个片子。张宇珺通过微信把上海站记者传回去的原稿和编辑改过的稿子都发我了，我一看，讲的是11月以来上海一大会址出现参观热潮一事。知道是这个内容，我心里有点谱儿了，并非一个复杂的“大片儿”，讲的是一个正在发生的现象，一条动态新闻。

这是编辑改过之后的版本：

【导语】

重温共产党人的入党誓词，不忘中国共产党的初心之路，进入11月份以来，上海中共一大会址纪念馆迎来了参观热潮。

【正文】

【现场】

为共产主义奋斗终生，随时准备为党和人民牺牲一切，永不叛党。

【正文】

在中共一大会址纪念馆宣誓大厅，一些党员专程从外地赶来，自发组织在一起重温入党誓词，提醒自己时刻牢记入党初心。

【同期】参观者　姜蕾

很多人都来自不同的地方，到这边来看一下，想要为社会为祖国作出自己的一份努力。

【同期】参观者　秦先生

不忘初心，我也是入党很多年了，过去也来过，这一次再来重温一下党的历史，很有意义的，还是要不忘自己（读的）的入党誓词。

【正文】

展馆里，参观者认真观看布展、聆听讲解，缅怀老一辈中国共产党人相约建党的感人事迹，并从中汲取力量。

【同期】参观者　张一弛

年轻人应该各司其职，然后安安分分地把自己的本职工作做好，不忘历史，团结一心，才能把我们这个梦想都实现了。

【同期】参观者　罗苏健

有句老话讲就是长江后浪推前浪，我们正处在这个二三十岁，正是一个发展的黄金年龄，所以更应该靠我们这些人去接过前辈传给我们的大旗，把祖国更好地发展下去。

【正文】

中共一大会址纪念馆的主题展《伟大开端——中国共产党创建历史陈列》自去年7月1日正式向公众开放以来，参观人数已经超过100万人次。与往年进入11月后人数逐渐减少不同，今年大家来这里参观的热情持续高涨，每天人数都超过5500人次。

【同期】中共一大会址纪念馆讲解员　朱蓓靓

习总书记来过之后引起了社会各界的热烈反响，所以来我们纪念馆瞻仰的观众也络绎不绝，可以说每天爆满的状态，（参观者）感触非常大，都会流眼泪，中国共产党走到今天不容易，牺牲了这么多革命烈士，才有这么辉煌的今天。

这个稿子乍一看似乎没有出什么大错，细琢磨起来，其实问题很大，大在哪？第一，它没有按照新闻做。它的新闻点被简单处理，放在片子结尾，就是这句话："与往年进入11月后人数逐渐减少不同，今年大家来这里参观的热情持续高涨，每天人数都超过5500人次。"其余95%的内容都是罗列参观者面目不清的简单表态。第二，它没有个性。你不妨试一下，这篇稿子里如果把"上海一大会址"这个地点换成国内任何一个红色教育基地都OK，换成延安也行、井冈山也行、西柏坡也行。没有个性，不是新闻。

上海站记者去打听了一下，第二天是周一，一大会址闭馆，所以，补采观众不可能了。只能在已经拍了的素材里去挖一挖可用的细节。虽然没有机会重新采访，但当我看了记者前一天拍的素材，心里反倒更踏实了。素材画面中一大会址里面乌泱乌泱全是人，还有很多人一大早在会址开馆之前就在门口排起长队等着入场，好多人拉着党旗或者挥着小国旗在会址前合影……这就是真实发生的新闻啊！

我问记者，参观的人是不是真的从11月份以来多了很多？记者说："确实是这样，以往这个季节是上海的旅游淡季，没什么人，现在大家都往这里涌。"接着我启发他："除了画面上看到的排长队，还有没有细节能说明人多的？比如，会不会发放宣传册，以前半年发完，现在一个月就发完了？或者留言册这样的东西，这些天已经签了好几本了？”我这么一提示，记者眼睛一亮：“有有有！”然后拖动素材给我看：“你看，这是我们拍到的他们场馆的预约单，这种正式发函的传真已经这么厚了，预约参观已经排到12月底了。还有这个，这个是挂在场馆里的一个实时参观人数的显示屏，周六我们去采访的这一天已经7704人了。这里还有一个舒适程度的显示条，显示的红色，表示拥挤。”这不就对了嘛，这就是我们要的细节啊！

我让记者马上联系工作人员，第二天闭馆，参观者补采不了，但工作人员可以接受采访，就让她说一下预约单这个事。我接着跟记者聊，你们在现场采访还发现什么跟以前不同的地方吗？记者说：“还有还有，我们发现现在来参观的人里面年轻人特别多，不光是党员，还有团员，还有少先队员，很多小孩子也来这里参观。”一边说一边给我拖着素材看。果然，都拍到了！

前面我用了一个词“面目不清的参观者”，就是想说，记者到达现场后要仔细观察，善于总结，参观者里年轻人特别多，这就是记者在现场的观察和总结，这是新闻报道里最需要的东西。抵达现场的能力和抵达现场后的报道能力是两回事，后者是我们的基本功，是写毛笔字时的一笔和一画，归根到底是我们的看家本领。

交流后，我的感受是我们拍到了，也观察到了，但并没有把这些事实和细节作为主体放进我们的报道里。后方改稿的编辑也把这个硬新闻当成了一个单纯表态的“主题宣传”处理了，造成的结果就是我们自己“屏蔽”了真正的信息量和新闻性，把该放进报道里的细节当成无用的残渣过滤掉了。因此，出来的报道完全做跑偏了。

意义，不能成为新闻本身

既然提到了“宣传”，接下来就拿这条片子说说新闻和宣传的关系吧。

我们为什么要拍这么一条片子？我觉得有两点原因。首先，它确实是一个新闻；其次，它是一条能蕴含深刻含义的新闻。我这么说顺序，其实也是想表达一个观点，就是意义永远都包裹在新闻事实里，而不能成为新闻本身。

同一条片子，两种处理方式，呈现的效果迥异，未审过的这一版，几个参观者的表态式的同期罗列，用的两段解说词分别是这样两段：“在中共一大会址纪念馆宣誓大厅，一些党员专程从外地赶来，自发组织在一起重温入党誓词，提醒自己时刻牢记入党初心。”“展馆里，参观者认真观看布展、聆听讲解，缅怀老一辈中国共产党人相约建党的感人事迹，并从中汲取力量。”都属于毫无细节，缺少实实在在的信息量，过目即忘。

重新改过，最终的播出版是这样的：

【导语】

进入11月，上海中共一大会址纪念馆迎来参观热潮，从11月1日至27日，23天开放日，参观者将近13万人次，比往年同期增长了157%。

【正文】

11月以来，上海兴业路的党的一大会址成了热门合影地，刚刚过去的周末，早上不到8点，入口处等待入场的观众就排起了长队。

【同期】参观者　姜蕾

我们是一些新员工过来，很多都来自不同的地方，恰好有机会到这边来看一下，我觉得是一个很好的平台。

【同期】参观者

我们特地从安徽马鞍山到这个地方来看，中国共产党有将近100年的历史，想叫孩子从小就接受一下这样的教育。

【正文】

工作人员介绍，往年进入11月，来一大会址参观的人会逐渐减少，但今年观众的参观热情持续高涨，每天参观人数超过5500人次，刚刚过去的周六甚至超过7000人次，场馆舒适度常常高挂“拥挤”字样。

【同期】中共一大会址纪念馆讲解员　朱蓓靓

以往来说11月份应该算是我们馆的接待的淡季了，人数一般会控制在两三千左右，但是自从10月31日习总书记来过之后，引起了社会各界的热烈反响，所以来我们纪念馆瞻仰的观众也络绎不绝，几乎可以说每天是一个爆满的状态。

【正文】

工作人员告诉记者，预约讲解服务目前有电话和传真两种方式，每一个批次的电话预约一经推出即被抢光，而传真预约的量近期也比以往多了许多。

【同期】中共一大会址纪念馆讲解员　朱蓓靓

光参观的预约（函）就这么厚，是这个月的，观众比往年同期增长了157%。然后你看这边还有口头预约还没有下单的一些单子，排到十二月中旬了。

【正文】

记者注意到，参观的人群中，有不少年轻的面孔。他们中既有在校大学生，又有刚刚参加工作的职场新人。大家观看展览、聆听讲解，重温入党誓词，坚定理想信念。

【同期】参观者　张一弛

不忘历史，前人给我们创造了这么好的条件我们要好好珍惜，年轻人应该各司其职，把自己的本职工作做好。

【同期】参观者　罗苏健

长江后浪推前浪，我们就处在这个二三十岁，正是一个发展的黄金年龄，所以更应该靠我们这些人去接过前辈传给我们的大旗，把祖国更好地发展下去。

结构很清晰，就说了两个事儿：一是参观的人多，二是什么人最多。然后就用细节证明这俩事儿。上来先说参观的人多，细节1：淡季不淡，没开门就排起长队等着入场；细节2：用数据说话，刚过去的周六当天客流7745人次，实时人流数据屏上显示红色、拥挤；细节3：传真过来的预约单和电话预约的小纸条已经密密麻麻一桌子，工作人员接受采访说，光是正式发函的预约已经排到12月底了。

接着说什么人最多。用镜头说话，很多年轻的面孔。再加上几个参观者的同期，都选用年轻人，听听他们为什么来参观，参观后的感受。其实，这些同期听后会觉得大家说出的是真情实感，是有感而发，是心里话。跟第一版里满篇的表态不同，这一版里全部是新闻事实的串接，都是干货，没有一句表态和喊口号的话。

用新闻的眼光和操作手法呈现的片子其实是能体现主题的，同样可以把它看作是一个主题宣传报道。为什么会在这个时间出现参观热潮呢？我们又为什么要关注这个看似“简单”的现象呢？这则新闻其实是能体现一种意义的。

10月31日，习近平总书记带领6位中央政治局常委集体参观了党的一大会址，并发表了重要讲话，提出“不忘初心、牢记使命”，这是新一届常委的首次集体亮相，这一番讲话也是有深刻政治指向的。这个活动之后，一大会址就引来了群众的参观热潮，说明什么？不言而喻。由此可见，新闻和宣传常常是统一的，是一回事。主题宣传也要遵循新闻规律，抛弃新闻规律，过目即忘的报道其实是一种资源的浪费。

眼下，正值全国各地各条战线都在宣传十九大精神，11月8日记者节当日，中共中央政治局常委、中央书记处书记王沪宁在北京人民大会堂会见出席庆祝中国记协成立80周年大会暨第27届中国新闻奖颁奖报告会的新闻工作者代表时说：“新闻舆论战线要采取群众喜闻乐见的方式把党的十九大精神讲清楚、讲明白、讲到位。” 我理解“讲清楚、讲明白”，是要求我们提升专业能力，做出受众喜欢看、能接受的报道；而“讲到位”，则要求我们吃透国情、政情、民情，对党和国家的政策、十九大精神深入理解。

小片子也要有“初心”

花如此篇幅去分析这条联播里的小片子，我觉得需要我们思考的问题其实一点也不小，面对一条没有太多复杂逻辑，没有深刻理论背景的小片子，面对这样一个本该轻轻松松做好的动态新闻，如果我们都会迷茫犹豫，都不知道其实应该按照新闻去做，说明不是我们的能力有欠缺，而是我们已经习惯成自然地把新闻和宣传用一堵墙隔开了。

从现在开始，尝试着拆掉新闻和宣传之间的这堵墙，因为它本来就是你自己垒起来的。做新闻和做主题宣传时，我们会采用不同的思考方式和操作手法，这是这条小片子的改造过程带给我们的警示。我们究竟应该如何去做主题宣传报道，如何去操作主题主线报道？2017年9月16日，《还看今朝》大型主题特别节目以浙江篇开篇，作为这期节目的总导演，我的出发点跟处理这条小片子的态度是相同的。《还看今朝·浙江篇》总时长100分钟，这条小片时长2分33秒，我想说的是，100分钟的大节目和2分半的小片儿，看似没有可比性，但要拿捏的分寸、操作时的态度其实是一模一样的。

写毛笔字，一笔一画，不急于求成，不急功近利，只为了一笔一画本身。一笔一画本身就是道理，道理大多都是简单的，复杂的东西一定不会成为道理，因为它有功利心。我们做新闻，也需要这个心态，一笔一画做新闻。你给自己松绑了，你做的报道才不会让人看得很累，这样，观众也放松了，不知不觉中传播效果也达到了。

电视新闻圈有一句话已经成了名言："不要因为走得太远，而忘了为什么出发。"这跟习近平总书记讲的不忘初心是一个意思。"不忘初心"，这个词听起来特别大，但搁到我们每一个人身上，每一件事上，每一条报道上，又特别小、特别具体。所有的口号都会喊得响亮，但不要被这个声音吓到了，但愿"不忘初心"这么有分量的一个词不要仅仅成为一句响亮的口号。

写于2017年11月

9年，“我”变成了“我们”

马上要截稿了，我还是想在这本书里加一篇关于良渚申遗特别节目的书稿。这几年，浙江站已经形成了习惯，大家会把每一次特别节目当作一次大练兵，十八般武艺都施展出来。马迅后来悄悄跟我说，开完策划会，确定下来做哪几个片子之后，站里的人就分成几个战斗小组，其实几个组之间都在暗中较劲，最后审片的时候其实也是一个技艺大PK的环节。

今年是我到浙江驻站的第9个年头，跟站里的小伙伴们朝夕相处，最危难险重的活我一定跟他们在一起，最难啃的硬骨头我一定第一个去啃。9年，对一个人来说，都是一段不短的岁月，9年，可以发生很多改变。如果把刚成立的浙江记者站比作一个小学生的话，9年后，他已经考上大学，是一个大学生了。9年前，他年少、稚嫩，眼里所有的东西都是新鲜的；9年后，他成熟、独当一面，我想，这9年里，浙江站最大的收获不是那些荣誉和奖状，而是依旧保持的年轻状态。他还一如9年前的那个他，眼眸清澈，充满好奇。

我曾说，每一个节目都像自己的孩子。回望9年，我发现，我用心用力做每个节目的同时也在无声无息地影响着这个团队，就像这次良渚申遗特别节目，最让我感慨的一点是，我并没有动手做其中任何一个片子，但是每一个片子都像是我做的一样。

是的，这9年，“我”变成了“我们”。

良渚这个节目不好做，特别是不好用影像呈现。距今5000年，现在能看到的就是一大片农田，以及一座博物馆，但不好做也得做，因为良渚实证了中华民族有五千年文明史。如何把有意义的内容做得有意思，这次浙江站给出了我们自己的答案。此篇中我特别放入团队中几位小伙伴写的手记，以此向他们每一位致敬，他们也是这9年以及未来，与我血脉相通的人。

◎《良渚前世今生》

贾林、马迅、杨少鹏、谢岩鹏团队作品

马迅，1990年的，属马，小我整整一轮。曾经是浙江站最年轻的摄像，来站里的时候刚满20岁，也是所有国内记者站最年轻的摄像，那时候我们总会向外人这样介绍他，但他自己并不喜欢，悄悄跟我说，能不能不要总跟别人说他是“90后”，问他为什么，他说不想因为自己太年轻而被别人小视。9年后，在我眼里他已经不可小视了，他的每一次“不创新毋宁死”的努力都写在了这个公众号里，而他，依然年轻、不妥协。每次看他们的拍摄手记，看到的都是比曾经的我更好的他们。

每一次创新都值得颂赞千遍

马 迅

五彩斑斓的鸟儿穿过云雾落在奇形怪状的树枝上，远古的鼓声伴我左右，在这片荒芜的大地上，没有太多科技，但是给了我一种能力，一种创造未来的能力，使得我们在日后面对权利的傲慢、欲望的嚣张和种种时代的更迭时，仍然以敏锐又犀利的眼神看见文明的核心。回想起民族的命运，心有戚戚。

记得大概五月底六月初第一次站内策划会上，大家对于良渚古城申遗报道热情高涨，现在看到的好几个片子其实就是在那个时候想出来的。

浙江站的会议室不大，中间放着的是白色长桌，那一天，我好像看到一群厨师坐着开会，桌上放着的就是良渚素材，素材就是食材，东西摆着了，就看各位大厨怎么做。我们这一组，就做一个回转寿司，你就静静地坐在那，我转给你看。

有天马行空的理想家，也有脚踏实地的践行者。

前期，我们根据良渚现有的，有据可考的点进行筛选排除，选择了大概十二个是传承至今，并在现代社会发展中有创新的，我们称之为穿越点。也就是说，确定一个古，就得有个今。今易拍，古难拍。多亏有贾林贾制片的支持，联系落实了场地、演员、道具以及各种问题，才让想法有了物质保障（据不完全统计，除去人工成本，总计4500元，报销3500元，自费1000元）。根据设想，片子将大量使用稳定的运镜，我们召唤了原浙江站成员，谢岩鹏谢大胖，也只有他能玩得溜稳定器，他为拍此片又是新购镜头，又是“顺风”了一堆设备支持，实属感动。最后着重介绍我们的后期特效大拿杨少鹏，所有的转场特效都是少鹏做的，我们把自己关在酒店房间里整整四天，上午叫水果，下午叫外卖，晚上还是要睡觉的，不会做的就上网现学，感谢抖音和哔哩哔哩。最后看着片子一点点地呈现，我觉得我们这一次成功了。

这一次对于一个题材的集中报道，其实就是浙江站站内各组之间的厨艺比赛，他做红烧，他做清蒸，他做火锅，他做西餐，我们做的就是回转寿司。而不管做了什么菜，每一次创新都值得颂赞千遍。

创意可以模仿，但创造力无法抄袭

杨少鹏

一条没有同期、没有解说词的片子，被评价为“沉浸其间，一看就懂”，这达到了我们的预期。

《良渚的前世今生》的番外篇——树林捕猎大戏，这是整个拍片期间拍摄条件最充分的一场，所以我用多余的素材剪了一段“悬疑戏”，算是我探索《良渚的前世今生》拍摄技术的另一种尝试，不过，也因此延伸出了我对传播“语态”的另一番理解。

良渚申遗题材正式拍摄的一个月前，我从重庆出差返回杭州，飞机还没有停稳，就接到了票姨和梁烨的“指令”，邀我一同拍摄一期关于美食的片子。虽然时间仓促，但美食这样一个具有天然诱惑力的主题，我认为值得把“好玩的事情拍得好看”。

拍得好是本事，成片好看才是结果。什么能叫好看？

我觉得受众最容易接受的方式就是“最好看”的。几年前，“舌尖体”风靡一时，那时，受众最容易接受的方式就是这种“语态”，我记得当时浙江卫视的总监说了一句话，称电视节目进入“大片时代”。而同时期的《中国好声音》《我是歌手》等电视节目也纷纷向着精良制作的大片靠拢。不过4G显然冲淡了“大片”的分量，几年前，微视频悄然兴起，几分钟的故事里，有美景，有人物，有故事，有情怀，更重要的是它太适合手机时代的传播了。抖音和快手的出现又带来了新的变化，娱乐也好，学习也好，它总能以最短的视听语言传播最多的信息量。它的“火”证明了它找到了目前传播环境下“最好的语态”。

这其实是新媒体时代下的电视危机。本来以电影电视为行业代表的视频产业是一个专业领域的范畴。可是现在，一台相机、一只手机就能创作出精良的作品；另外大量专业软件也在不断满足大众化的制作要求，且不说像“达·芬奇”这样全能的软件工具可以免费使用，大量手机上的剪辑软件，让很多人也能够轻松地剪出大片。

大屏上可不可以用这种大家最喜欢的语态呢？管他呢，先拍了再说！于是我和梁烨、林侃商量后决定，要拍出一条具有浓郁抖音风味的片子。

这是一次尝试，更是一次试探。

无独有偶，美食节中马迅也奇思妙想拍摄了《博物馆奇妙夜》。这两个非常规的片子在频道播出后，“玩”的种子便已经在心中发芽。如果说拍美食节是把“好玩的事情拍得好看”，那制作良渚申遗这个片子就是把有意义的事情做得有意思。因此当马迅有了《良渚前世今生》的天马行空的想法后，我觉得，这依然可以“玩”。在贫穷的时候，能吃上一口就是满足，但是当你富有时，只有美味才能刺激你的味蕾。在海量的视听时代，我想也只有极致表达，才能刺激大家看的欲望吧！

毕竟创意可以模仿，但创造力无法抄袭。

◎《这座城，这些人》

林侃、于晨作品

有的片子是片子，有的片子不是“片子”，是我们写给这座城市的一封“情书”。良渚申遗成功，让一座城市拥有了三处世界遗产：西湖、大运河、良渚古城遗址，为杭州增添了厚重的历史感，也将世人对中华文明史的认识向前推进了一大步。

在策划阶段，我们本来只想航拍一下这三处世界遗产，加上背景音乐串一串，作为特别节目的收尾，可长可短，于是把这个片子交给摄像林侃和于晨，没想到审片的时候他们拿出的是这样一个有城有景有人的文艺片。

因为有“人”，这座城和这片景都有了情绪和气质。

这是一封写给杭州的情书

林　侃

2019年7月6日的杭州注定让人难忘。从这一天开始，杭州拥有了西湖、大运河、良渚古城遗址三处世界文化遗产，成为一座可以溯源五千年的历史文化名城。这份历史的荣耀赐予杭州并不偶然，发达的河网、温湿的气候、秀美的山水，让这座城市具备了得天独厚的条件来孕育文明。《这座城，这些人》要讲述的就是这座城市拥有文明的故事，讲好这个故事除了要展现它的环境优势之外，还需要结合这座城市文明的缔造者——生活在这里的每一个人。正如它的英文标题：The city & The stories。有人就有故事，生活在这座城市的人，就是这座宝藏城市的传奇所在。

预采西湖捞哥的时候，我就开门见山地和他说，今天我不听你讲捞手机的事，不看你的最新发明，就让你聊聊西湖，谈你对西湖的感情。于是，他就开始滔滔不绝地告诉我西湖各个景点的来历，还有他这些年在西湖执勤时碰到的有意思的事。

在听他讲故事的时候，我突然觉得，西湖的闻名其实是人铸就的。古代的时候是文人墨客们在西湖边写诗作词，用笔墨把这片山水刻画得别样传神。到了现代，诗画的痕迹变少了，西湖的美轮到了这些在景区做日常维护的人来坚守。捞哥和我说，警察的工作是要管人的，是很严厉的角色，但在西湖景区当警察，他就不愿意这么严厉，不愿意去和人吵架，因为吵架煞风景。

听到这句话的时候，我觉得他和苏东坡一样伟大。正是有了像捞哥这样在西湖用心工作的人，让数以万计慕名而来的游客感受到了西湖的温暖，留下了美好的回忆。秀美的山水改变了这位警察严厉的面孔，他也为这片风景增添了一份温暖的人情味。我想，这就是一个美好的景区应该有的样子吧。

张闻涛是一张年轻的面孔，其实他不是我们一开始的首选。我们本来想找一个船工，想象着船工与运河之间的联系或许会更加紧密，但最终我被张闻涛的真诚打动了。在与他的交流中，我发现他带有一丝江南人的内敛（也有可能是害羞）。

他在运河边成长，运河承载了他很多的童年回忆。杭州召开G20峰会的时候，他拍的运河照片被选中作为外宣明信片使用，这是摄影人的一份殊荣，也是他人生中的一次高光时刻，他感到很骄傲。当谈起这些他与运河之间感情的话题时，张闻涛会脸红，很多需要他口头表达出来的感情他都用腼腆的微笑带过。我有时说："那看来你对运河感情也就这样啊。"他马上就会开口解释："不是这样，不是这样！其实我还有这样一个故事。"

我觉得他就是我印象中的杭州人，口头上总是轻描淡写，其实内心深处早已波涛汹涌。这个片子里就需要有这么一个年轻人，用杭州人特有的性格，内敛不张扬地表达着他对于这座城的爱。只有把他、相机和运河三个放在一起，画面才能真正地富有情感。如今，张闻涛的摄影还在继续，运河的故事仍将在他的一张张摄影作品里慢慢诉说。

选择晓风书屋的创始人姜爱军作为片子的最后一个人物是有两方面的考虑。一方面，他是良渚人，他正在做推广良渚文化的事。他把他的书店开到了博物院里，开发设计良渚的文创产品，让良渚文化不只是在博物院里展示，还可以让更多的人传播出去。如果把捞哥比作文明的守护者，张闻涛比作文明的传承者，那姜爱军现在充当的就是文明的传播者。

另一方面，姜爱军的晓风书屋非常具有杭州气质，它大隐隐于世，只为喜爱它的人而开。预采姜爱军的时候，他和我说，在杭州的三处世界遗产里都能看到晓风书屋的身影，这个书店真的是为杭州而生。而且晓风和其他的书店不一样，它没有很大的招牌和门面，来寻找晓风书屋的人都是真正喜爱杭州文化的人，在这最能感受到杭州的味道。所以我觉得让姜爱军来形容杭州人的气质再合适不过了。

最后，他告诉我，杭州人的特点就是宁静淡雅，这也是这座城市展现给世人最好的面貌。

当拍完这三个人物的时候，我突然发现这个片子虽然全是男性角色，但他们的内心都有着一股似水柔情，在他们的身上都能看到杭州的影子。城市和人，究竟是城市影响了人，还是人影响了城市，这似乎分不清楚了。于是，在导语里我就把它形容成一种交融，把这种气质定义为杭州人天生的能力。

良渚文明揭开了五千年前人类的生活面貌，五千年过去了，人类的生活方式发生了翻天覆地的变化，但精神的内核依然没有改变。爱一方水土爱一方人，对土地的依赖让人类在这个星球的不同角落里各自精彩。

◎寻找施昕更

杨军威、陈莹、刘浪、金坚团队作品

施昕更是发现良渚文化的第一人。策划阶段我们从良渚搬回来一摞专业书，记者杨军威被其中一本介绍施昕更的书深深打动，有一天他抱着书过来跟我念了施先生的一段话，满满的家国情怀，军威问："何姐，我能不能做一个介绍施昕更的片子？"审片的时候我被感动了，片子远远超出我之前的想象，希望施先生在天之灵，在这个特别的日子能够感到欣慰。

寻找·施昕更

杨军威

逃亡

再过一个多月就是戊寅年春节了。

南下的交通要道上，难民像蚂蚁一样，越聚越多。人群中流传，日本人已经逼近杭州，茅以升亲手炸毁了诞生未满百日的钱塘江大桥，以阻延敌军。

流亡路上，26岁的西湖博物馆馆员施昕更一定不止一次地想念妻子和孩子：6岁的忆良，4岁的建良。良，是"良渚"的良，他的故乡。

良渚良渚，名字起得就美。事实也的确如此，故乡良渚是一片美丽的江南水乡，有着金黄的稻田，纵横交错的河流，还有晨雾氤氲中的村庄。他曾无数次从家门口的折桂桥上船，外出求学、工作，带着美好的希冀去向远方。

然而这一次离开，痛苦又残忍。

故乡已远，亲人无讯。陪在身边的，只有一部书稿。

初见

2018年1月26日，中国正式推荐“良渚古城遗址”作为2019年世界文化遗产申报项目。我前去采访，第一次了解到施昕更的故事。作为“良渚遗址第一发现人”，他的著作《良渚：杭县第二区黑陶文化遗址初步报告》，被认为是浙江新石器考古的开端，更是良渚考古的开端。然而，书稿付梓一年之后，他便英年早逝，年仅28岁。

直觉告诉我，这个年轻人身上，一定有故事！

2019年3月，一直与我保持联系的良渚遗址管委会透露消息：良渚古城遗址在世界遗产委员会的内部评级中获得“推荐列入”，这意味着申遗成功当无悬念。

《“良渚古城遗址”申遗特别节目》正式启动。

策划阶段，我们从良渚博物院抱回了一大摞书。其中，一段介绍施昕更的文字引起了我的注意。那是施昕更在1938年6月出版的《良渚：杭县第二区黑陶文化遗址初步报告》卷首语：

眼看到这祖先开创遗下的国土，一天天地沦亡，我们的文化，也被敌人疯狂地摧残，正处于存亡绝续的重大关头。然而，中国绝对不是其他民族可以征服得了的……我们生存在这艰巨伟大的时代，更要以最大的努力来维护来保存我国固有的文化，不毁损毫厘，才可使每一个人都有一个坚定不移的信心！

我把这段话反反复复读了许多遍，细细咀嚼其中的意味。

自从第一次听说他的故事，一年多来，我多次想起那个逃亡路上的年轻人。于我而言，施昕更像极了一个谜团。

山河破碎，他为何执着发掘？全民抗战，一本书稿如何能在乱世中出版？抛弃家人，他又怀着何种心境踏上逃亡之路？

我忍不住想要驱开围绕在他身上朦胧的迷雾，看清楚这团火的形状。

带着这段卷首语，我找到站长何盈："何姐，我想做施昕更。"

还原

1929年，对于18岁的施昕更来说，是人生的转折之年。

那年，他刚刚从第三中山大学（现浙江大学）工学院附设高等工科学校毕业（相当于高职学历）。

同年6月6日，西湖博览会开幕，历时137天，展出14.76万件展品，超过1000万人次参观，全面展现了当时中国民族工业和文化振兴的成就。作为助理馆员，施昕更参与其中，中国之地大物博、文化深厚，在他脑海之中留下了不可磨灭的印象。

不久之后，东北三省沦陷，"一·二八"事变炮火又起……

侵略者之日本，对其侵略之目的物，如何下研究之苦心，国人尚不知东北一切，日人已了如掌指矣……国人若不奋起，则将体无完肤矣。

——施昕更：《西湖博物馆馆刊》第1期《地质矿产组回顾与展望》

面对残破的山河，中国文化界涌动着“文化救国”思潮，希望从中国博大的疆土、深厚的文化中，找到民族根脉和自信。施昕更或许也有这样的期许。从1932年到1935年，他发表专论、论文、报告等共计11篇，内容皆为地质方面，称其为年轻的地质专家并不为过。

而施昕更与考古的缘起，则充满了偶然。

1936年5月，因为发现新石器时代末期的遗址……馆方叫我参加的原意，是要我记载地层的，试掘不过短短的一天工夫，见到已搜集的实物，似乎很熟悉，是在我故乡已经司空见惯的东西。第二天，我就急急地回到故乡去搜集。

——施昕更《杭县第二区远古文化遗址试掘简录》

从1936年11月到1937年3月，施昕更进行了三次发掘，并梳理成报告，送交上海出版。然而，不久“八一三”淞沪抗战爆发，书稿皆毁于战火。他带着唯一一份校对稿，抛下妻儿老小，随馆南迁。

1938年，《良渚》出版时，施昕更已投笔从戎，参加了浙江瑞安县抗日自卫会，一年后病逝于瑞安。今天看来，这一结局，似乎平添了几分宿命感。

当我梳理完施昕更的人生，惊讶于他义无反顾的选择，和大时代的节奏铆合得如此紧密。或许，南迁路上的施昕更，已然体会到了冥冥之中落在肩上的使命和责任。

寻踪

童年艰辛求学、人生两次跨界、年轻的地质专家、对家乡深厚的情感……施昕更短暂的一生，有太多可以讲述的内容。该选择哪些作为报道的核心内容呢?

每个人都有自己生命中的高光时刻。对于施昕更而言，所有的草蛇灰线都在他1936年参与古荡发掘之后逐渐汇聚，到1938年《良渚》报告在“孤岛”上海出版，短短两年，成为他短暂人生中最闪耀的岁月。

我们把故事讲述的重点，就放在这两年中。

然而，实际拍摄中却困难重重。

首先，影像资料严重缺失。施昕更并不是著名的考古大家。现存的照片，也不过四五张。其次，缺少直接的关系人。了解施昕更和那段历史的人，大都去世。唯一与施昕更有直接关系的，是他的儿子——今年88岁的施忆良。但老人年事已高，行动不便，并且还有严重的耳背。

人物报道，本就难做。人物形象要立住，必须展现出“人之为人”的性格魅力，有矛盾、细节，还要有故事。通篇一水的顺撇儿，主角光环加持，这样的故事只不过是信息堆砌，视频版的百度百科罢了。可故事要有感染力，通常得有主要人物，有记录和现场。谁来还原那段历史？故事的主线又如何搭？谁来当这个贯穿始终的主要人物？

操作之初，我也曾埋怨自己，掉进了自己挖的坑。

但每次看到卷首语，又舍不得放弃。

于是，我把采访对象的范围扩大，扩展到第二层关系人。我们联系了杭州文史专家赵大川，董聿茂（原西湖博物馆馆长）的儿子，钟国仪（施昕更的同事）的后人，找到了余杭文史专家康烈华（施昕更发小、《施昕更年表》的作者姚今霆的外甥），还找到了参与“良渚古城遗址”考古的专家——浙江省文物考古研究所研究员王宁远……

最关键的，我们找到了施昕更的孙子——施时英，他在良渚遗址管理所工作。虽然对祖父了解不多，但一直没放弃寻找祖父的足迹，曾先后三次去瑞安，寻找祖父最后的落脚地。

有了！

我们决定以施时英的“寻根”为主题，以双线叙事为架构，展开创作。

第一条线，是施时英从不了解祖父——不理解祖父——理解祖父——寻找祖父坟墓的过程。家人之间的隔阂如何消除，施昕更的坟墓能不能找到？这条线的主题是“家”。

第二条线，是施昕更田野考古报告《良渚》艰难出版的故事。如何发现的良渚遗址，《良渚》报告又如何辗转出版，这条线的主题是“国”。

在中国知识分子的传统观念里，家与国，永远是糅合在一起的精神主线。两相比照穿梭，一个人的精神肖像便可呼之欲出。而施时英的寻访，恰好成为那只把他们糅合在一起的手。

浙江站记者杨军威、刘浪在采访施昕更的儿子施忆良。老人五六岁时父亲因抗战离家，再也没回来过。他对父亲最深的印象始终停留在那个父亲伏案写作的场景。（摄于 2019 年 6 月　杭州施忆良的家中）

《“良渚古城遗址”特别节目》，最初策划了17个片子，原本有三个人物故事。方案几经删改，《寻找施昕更》成为唯一保留的人物故事。

回答

古希腊哲学家柏拉图曾提出“人生三问”：“我是谁？从哪儿来？到哪儿去？”这三个问题，其实关联着每个人的过去、当下和未来。考古，就是探寻我们的来时路，探究我们的历史。

81年前，在战火硝烟中，施昕更发出疑问：“我们应当如何兢兢业业地延续我们民族的生命与光荣的文化呢？”并且用实际行动“维护、保存我国固有的文化”，因为这样“才可使每一个人都有了一个坚定不移的信心”。

但这个信心是什么？为什么要有这个信心？施昕更在文中没有多说。我们从浙江文物考古研究所研究员王宁远的采访中，找到了答案：“遇到惊涛骇浪的时候，如果我们是有历史的，我们是有来历的，那我们的心就稳了。我们的脚能站住，我们就不会惊慌失措。”

也许，这就是文化自信的价值吧。

对于一个有着五千年文明历史的古国来说，一百多年也不过转瞬即逝。如今，身处世界百年未有之大变局中，“良渚古城遗址”申遗成功，或许能给今天的我们更多信心。

路漫漫其修远兮，吾将上下而求索。

后记

一个月时间，摄制小组一共拍摄了177G素材，前后剪辑了七版，最终成片5分45秒。与其说是新闻，倒不如说是微纪录片。

摄制小组共四人，除了我以外，刘浪负责主采访拍摄，金坚负责瑞安寻找的部分拍摄，实习生陈莹负责助编。片尾部分的历史梳理，是陈莹用AE（一款图形视频处理软件）做的。这个小姑娘，刚刚从总台下到站里锻炼，就接连参与了几块“硬骨头”的攻坚。我本想让她的下站锻炼更轻松一点，但每次看她乐此不疲，话到嘴边又咽下了。

片尾“博物院施昕更照片拉出到参观的人群”这个画面，是陈莹和金坚去补拍的。一个镜头，拍了一下午。成片之后，我一直对这个镜头甚为满意。

我们本可以按照“解说+同期”的传统电视新闻的方式，完成这次人物的报道。事实上，每当剪辑不下去的时候，我也总是说，“没事没事，大不了就做传统的新闻呗”。但每次又不愿将就。

正是内心的不妥协和倔强，让我们有了一次独特的尝试。

从《寻找·施昕更》引发的思考

陈　莹

很多时候我们都觉得“新闻”需要的是鲜活的现场、带着热乎劲儿刚刚抢出炉的最新“食材”，必须足够新鲜或是足够典型才能够成为值得被搬上大屏幕的题材。而这一次我们所报道呈现的人物施昕更是个距离我们“很久远”的“小人物”。

提出这两个形容词并非贬义，说“久远”是因为施昕更出生于20世纪初期，在抗日战争期间不幸英年早逝，当年身边很多同事、挚友如今也大都离世，且当年从事考古工作时所留下的各类资料，也大多因为战乱等原因所剩无几。而另一方面，说他是“小人物”是因为施昕更虽然是良渚文化的第一发现人，但实际上之前在整个考古界，相比于很多声名显赫的大咖来说，他可能还是个知晓度没那么高的人，对于他有深入了解的学者大多只集中在目前专注于良渚文化研究的专家当中。

这样的人物够典型吗？要想讲述他的故事怎样去搜证？为了体现新闻性，片子又该怎样给观众提供一个新鲜的由头？施昕更之于良渚是个关键的揭晓者，可大屏幕前的很多观众都还知之甚少，人物的帷幕究竟要怎样一点点掀开呢？各个部分的呈现要怎样才能做到既讲清楚“施昕更是谁”，又能让观众明白施昕更之于良渚的重要性，让大家感受到他身上的这份家国情怀……我想片子的制作过程，就是将这一个个问号不断解决、打破，再反复思考琢磨的过程。

相较于很多常见的人物类新闻长消息的常规做法，我觉得这条片子的制作从一开始进行构思、结构选题再到后续采访、拍摄和后期制作，每一个环节无不渗透着一种新的尝试，这种尝试在于怎样用更倾向于“微电影”的一种叙事方式去服务于人物类新闻长消息的制作。两者的结合不光需要“各取所长，为我所用”，更重要的还在于寻找一种平衡。一方面希望舍弃新闻常用的一些客观的镜头和表达，在人物故事、画面当中加入更多主观的、情绪化的表达，另一方面还要把握住对于新闻所要求的真实、客观的原则，不能为了追求故事性而过度设计，要保留真实的现场。

如今，在项目结束，彻底把自己从中“拔”出来之后再通过复盘去还原整条片子和参与制作的这半个多月，找到当时在哪些环节中还没有来得及捕捉到的进退得失，想必也算是将对这条片子的最终价值充分利用了。

从“寻找苏慧廉”到“寻找施昕更”

片子“寻访”形式最初的形成来于《寻找·苏慧廉》这本书。在6月初那次临时前往温州平阳拍片子的路上，杨老师提起了他最近在看的这本书。苏慧廉是一个自晚清时期起在温州生活了二十多年的外国人，他在当地捐资助教、开设教堂等，对当地近代的文化教育发展作出了不小的贡献。这本书的作者沈迦是温州人，他利用六年时间横跨三大洲去寻找、还原苏慧廉的人生轨迹。

听完杨老师介绍这本书之后，我最大的感觉就是作者用长达六年的寻访为著作赋予的这种“厚度”。完成这部著作背后需要的是热爱、坚持与钻研。用万余字的篇幅去梳理一个和自己几乎毫不相关的故人的人生，这其中走过的艰辛和困难可想而知。

所以“寻找施昕更”这个标题可以说是从一开始就定下来的，而且从头至尾一直沿用下来，大家也都普遍觉得这是个既简洁又能够充分表意的题目。而在这短短五个字背后，实际上却承载了很多力量。

如果说《寻找·苏慧廉》是作者以一个后来人、旁观者的角度去探访的话，那么在《寻找·施昕更》当中串联起整段故事的主人公变成了施昕更的孙子施时英，相当于是跳脱出了“第三人称”的旁观者视角，以“寻找爷爷的踪迹”为一个切口来展开。

这其中的意义自然不尽相同，而这其中“寻找”又可以被赋予更多的意义。从浅层上来看是施时英在寻找自己爷爷的墓地，是为了寻祖上的根，从更深一层来看，施时英也在寻找的过程中慢慢增进了对于爷爷的了解，明白了爷爷不光是一个“遗址的发现人”，在他的工作背后还有一份情怀在其中。换个角度来讲，对于施昕更来说，当年的发掘于他而言也是一种“寻找”，去寻找良渚背后蕴藏的古老文明，去寻找中华民族的根脉。所以似乎把这五个字的标题一摆出来，其中的层层含义蕴藏在其中，历史的“厚重感”自然就显现了出来。

而在我看来，这个寻访的过程就好像是拿着一个探照灯在一片幽暗当中去寻找和发现的过程。寻访能有多深入，就能找到多少新东西，只有足够执着、足够坚持，才能挖掘到更多不同的内容。

做新闻？还是做微电影？站在跷跷板中心找平衡

如果按照这个逻辑展开的话，这条片子可能会以“自述体”的形式展开。但在实际操作中，自述体同样存在限制。原因在于自述体本身可能更适合片子的主人公讲述自己的故事，从“本我”的角度出发，在同期中传达出来的是自己的心理活动和情感变化，由此为故事增加“矛盾冲突”。而对于这条片子来说，主人公施时英从来没有见过自己的爷爷，对于爷爷的所有了解全部来自他人之口，对于一个一直存在于“听说”里的人物来说，很难纯粹的、以讲述的形式呈现更多自我的情感，表达如果苍白，片子自然就不好看了。

所以在制作的初期，为了让主要采访对象施时英更深刻地进入情绪，我们准备借用不同的寻访场景来为他增加更多情绪上的代入感。在最初的构想当中，我们想为整体寻访划分几个“场景”，就好像是在微纪录中拆分出不同的章节，以寻访地点的转换来切换施昕更不同的人生阶段。这样的设计虽然看起来通顺，但是这其中有一个我自己一直忽略的大问题：采访对象为何会出现在那个场景中？他现在去到那里的原因是什么？

回答不了这个问题，所有的场景就都是凭空而来，纯粹是为了设计而存在的。再细究到对于几个场景的设计来看，我们可以把相关的人物码到他们对应的场景当中，可是如果不给他们一个出现的理由，没有情感的加持，场面仍旧撑不起来。而在一步步的“设计”当中，对于新闻现场的记录已经渐渐“失真”，只保留了纪实的壳，而远远背离了新闻的准则，这不可取。

（施时英在温州瑞安、杭州余杭家中的几个场景，在实际操作的过程中还设计了施时英到访文史专家赵大川家的部分，但因为时长及内容板块的限制，这部分在成稿中最终被拿下。）

计划采访过程中存在的另一个问题是，对于施昕更撰写《良渚》报告的详细经历和重大意义需要由一位专家讲出来。这就意味着在一部五六分钟的短片里将会同时拥有两个“男主角”，这无疑又给片子的结构设计增添了难度。怎样协调、平衡两人的关系，通过同期的组接让故事的顺承更加自然，同时还不让看片子的人觉得乱，如何巧妙地去结构又成了一个不小的考验。

记得在之前杨老师曾经给我讲过他在上硕士课的时候外教做片子的一种方法：把所有的人物同期打印出来，按照语义分出大致的段落，把每段同期剪成一段小纸条，再摆到一张大的桌子上来完成同期的段落拼接。其实，对于这个片子的制作来说，这种“拼接同期”的方式很有效，而且通常很多时候，一两段同期的调换会对整体的结构带来很大的改变。

举个例子来说，在片子结构初期，我自己一直认为将“卷首语”中的节选放在片子开头是一种一上来就能给人以震慑的形式。但这种形式存在几个问题：一方面会显得过于突兀，一个几十年前考古报告的卷首语展现出来会让观众感到不知所云；另一方面，介绍人物最接地气的一种方式还是要从生活化的故事、人物经历入手，如果一上来就把家国情怀的帽子先“扣”在人物的头上，容易给人一种压迫感。而杨老师在进行结构的过程中，按照事件发展的顺序，将卷首语放到了讲完报告写作、出版的艰难过程之后，有了前文内容的铺垫再加上抗日的历史背景，卷首语中所流露出的这种家国大义与情怀就不言自明了。

片子中另一个我一开始还不太理解的点，是选用施时英坐火车到瑞安寻访作为开场。我始终感觉他更像是一个电影“讲故事”的开场方式，先通过一段深刻情绪的渲染将观众带入“寻亲”的情绪场，再去展开主线的人物故事。可能在一开始观看者会对开头不知所云，但随着正文故事的展开，对于主人公和故事的逐步深入了解，再去回想开头，往往能够给人留下更多回味的空间。但我觉得，对于电影而言，整体的篇幅较长，留给观众们回忆、琢磨的空间比较充裕，而对于一个五六分钟的短片来说，占用将近30秒甚至更多的时间去渲染情绪真的值得吗？观众能够跟上这样的表达方式，情绪在最后能被传递过去吗？由此，我当时每看一次片子都会去做一次尝试，去想这样的方式是否真的可行。

循着这条线，片子也自然被展开成了两条分明的线，一边施时英在寻找自己爷爷的踪迹，另一边循着这个线索需要完成对施昕更人物形象的刻画。

人物的讲述需要比较客观的视角，提供更为确凿的证据，因此，我们在片中引入了两位文史专家的采访进行配合。而施时英出场的部分，除了在一前一后实现对于寻亲部分的情绪渲染以外，还应该在片子进行的过程中起到不断“推进剧情发展”的作用。记得在第一次成片剪出来之后，施时英基本只出现在了一头一尾，经过“首批观众”的反馈，觉得两部分内容显得有些割裂，影响了寻亲部分想渲染的情绪。由此，在那一次大调整当中，施时英在中间几分钟的“出场”，也成了主要开刀的对象。

在片子的结尾部分，为了更好地将观众的情绪带动起来，我们把两条线渐渐合并起来了，这也就意味着在这部分当中，要更集中浓缩地将“主客观视角”融合在一起。

首先施时英的寻访故事作为抒情的部分在此告一段落；随后马上以客观的语态对于良渚多年来的考古成果进行了总结，以动画的形式将情绪再度提升上去。然而片子在此仍旧没有结束，马上又落回到一个静态的画面，博物院里一块介绍施昕更的展板，以一个长镜头带来一种“退出感”，像是给片子加了一个尾声，最终的落版停留在黑场字幕“良渚申遗成功”上。客观叙事和主观故事线在这里像是“反打镜头”一样，你来我往，交织在一起，但我觉得短短的几十秒里整个片子最核心、最丰富的内涵都蕴含在了其中。

好片子必须是“较劲”较出来的

相较于之前的拍摄，我觉得这次的拍摄过程可以称得上是最艰难、最曲折的一次。这种艰难不在于身体有多累，而在于为了给片子呈现更好的效果，大家一同想尽办法克服困难、解决问题。这次拍摄中，因为各种各样的原因我觉得遇到了不少难题，每次遇到一个坎，我可能都会犹豫一下“这个问题能克服吗？会不会做不到、达不成我们想要的效果？”但杨老师每次在遇到问题时都会迎难而上，也正是因为这份坚持，才有了最终片子呈现出来的效果。

而实际上我也觉得自己在这个过程当中其实真的被触动了，自己以往的一些观念也有所改变。我一直觉得自己是一个只会打“顺风球”的人，遇到好操作的内容就能够按照自己的预想进行下去，可一旦中间遇到阻挠、碰到和自己预想不一样的问题似乎马上就想着是不是做不了，要不然就别做了。

在这次片子的拍摄过程中，让我印象很深的是和金老师一起去良博院补拍片子的最后一个镜头。虽然看似只是一个普通的长镜头，但为了拍好最终花了整整一个下午。

我记得当天上午在设计镜头拍法的时候我还兴高采烈地和杨老师讨论，觉得可以有很多种不同的呈现方式，临出发的时候还觉得只是拍一个固定镜头的推拉，不会耗费太多的精力，操作起来很简单。可到了博物院却发现实际上完全不是如此。

在场景里，为了让画面构图更好看，需要讲解员和观众提前配合，然而现场原本联系好的参观团却并不愿意配合我们进行拍摄，努力动员半天拉来的五六个人只能配合我们拍摄两条，效果完全不理想。我有点灰心，为了不耽误被拍摄者的时间，我和金老师在现场先开始两个人一起进行预演，从哪个角度去拍更合适、参观者要怎么站、运镜要以哪种方式表意才最充分、最好看，前前后后试了好几种拍法，最终定下来两版，等再次设计好拍摄路线后又开始寻找参观者、讲解员。

一个几秒的镜头，我们前前后后试拍了十几次，拍出了两个版本，终于赶在四点半闭馆前圆满完成了拍摄。

虽然整个过程经历了很多费劲的地方，中间我也想过要不就拿一开始那个差不多的镜头交差，但这样的想法终归还是很快在心里被自己按了下来。回想起来，我很庆幸自己当时没有放弃。经过一个下午的努力，尽自己能做到的最大努力完成了任务。回头再看就发现，很多自己觉得完成不了的东西，努力克服一下，硬着头皮试一试，结果或许并不会那么糟，成功后反而还能给自己带来成就感。

在这次制作的过程中前前后后还有很多难题，比如相关的一手资料画面太少、可供选用来“讲故事”的采访对象太少、前期采访文史专家受阻等等。在剪片的时候，由于片子自身结构相对复杂，要想在短短五分钟内把双线叙事展现清晰，同时还要把施昕更的人物形象立起来，并不是一件容易的事。我记得审片前杨老师剪辑的成片最起码经历了四五次大的改动，当时我们在二楼经常一泡就是一天，碰到哪个老师过来了就吆喝过来一起看看片子，每看完一次提出新的意见，就根据观众们给的反馈再进行调整，哪些地方是片子里确实还没有交代清楚的，哪些地方是因为片子的结构设计遗留下的。很多时候做片子往往靠的是一开始一鼓作气的那股劲儿，但我觉得这个片子的的确确称得上是一点点“打磨”出来的。

记得有一天晚上做完片子和杨老师一同离开站里，路上我和杨老师说，这个片子感觉像是您自己给自己挖的一个坑，不过如果能坚持下来，把这个片子努力做到最好，所有的努力就都不会白费。

按理说，如果按照做人物类选题的常规操作来做，这个片子一样能成，同样可以算是一份合格的答卷，但《寻找·施昕更》这条片子无论是从片子的思路还是结构上来看都是一个非常具有挑战性的尝试，彻底跳出了原有的舒适区。

实际上，我心里非常敬佩这种敢于挑战的做法，在有限的时间里舍弃原有的相对保险的思路，耗费更多的心思和精力去攻克一种更难的结构、一种更难理解的成片思路。但从另一个角度来说，有过这样的一次经历或许远远胜过多次按照常规思路操作的人物类选题。

完成这条片子的过程就好像是从堆满尘封旧书的老阁楼里拿出一摞还占着灰尘、书页泛黄的纸张，你以为过去了这么多年，书页早就已经褪色、淡化，内容也早已过时，可拿出来擦了擦却发现依旧经典，印在上面的一个个铅字不仅从来没有因为时间的流逝而褪色，反而在时光的积淀中呈现出了更鲜亮的模样，一笔一画还仿佛当年一样掷地有声。

施昕更之于良渚而言是个足够值得去报道的人，他的故事可能也将会随着良渚神秘面纱的揭开而渐渐被更多人知晓。在这条片子中，杨老师的这种设计也最终给片子留下了一个开放式的落尾，并没有为施昕更下太多定义，而是让片子似乎成了一个没有填满的圆，在后续留出了很多空间，给不同的观赏者去评判和想象。

解决一个个问号的过程就好像是实现从舒适区向外的一次次跳跃，我自己有幸成为这个过程的参与者，也从中改变了很多自己固有的想法和做事的态度，其他更多的就留到之后的工作中再去汲取、体会……

后 记

微光和高光

一件纠结了很久的事是起书名。起书名有点像给即将出生的孩子起名字，名字也是一种希冀，我当然希望这本书的书名既像自己，又能被别人一眼记住。起名“微光”之后，被同伴们否定过，商量出十几个书名后，我还是坚持“微光”，因为回想曾经的采访经历，最打动我的还是那些平凡的小人物，他们就像这世上的一缕缕微光，执着地照耀着身边有限的范围，他们或善良或坚韧，每个人都闪闪发光。书中涉及的所有采访对象，有的人继续原来的生活，有的人改变了人生轨迹，有的人离世了，有的人取得了新的成就，有的人依然在与命运抗争……无论如何，他们每个人都在我的心里，面目清晰。

大学毕业进入央视，跌跌撞撞走到今天，干这一行，我觉得自己一直是从不懂不会起步，每一个节目都像是从零开始，我能做的只是一次次握紧拳头、睁大眼睛使劲学，使劲领悟。就像曾经我的演讲题目所讲的那样——“打败不擅长”。作为有近20年从业经验的老记者，我仍旧心怀敬畏，这本书里每一个节目都是这么来的，一点也不轻松，从未游刃有余过。走皮里村时，我以为我会死在那条路上；拍完杨善洲，我懂了呕心沥血的感觉；做《还看今朝》的时候，我哭了三次；在义乌网店第一村青岩刘，我的拍摄团队拍到后来都泄气了，其实我自己也不知道片子能不能做下去，那一刻才知道什么叫横下一条心。我从来不敢妄称自己是一个优秀的记者，只是每一次都用一种“豁出去”的心态才打败了这一个个“不擅长”，或者说，不是打败谁，仅仅是战胜了自己。

这本书只是把这一次次“打败不擅长”的过程剥开了给大家看。这样逼自己到底好不好？应不应该放在一本书里传播出去？我把握不好，我只能真诚地说出每一个采访过程中最真实的感受。有句话说，最不像捷径的捷径就是真诚，是的，只有真诚。

如果喜悦来自人生中的那些高光时刻，那么高光何来？你有没有在内心祝贺过自己？外面静悄悄的，没有掌声和欢呼，一片静，而你内心已经收获深深的满足，因为你又一次打败了“不擅长”。高光何来？这束光的光源，原来是你自己，你为自己打出了一束微光，这束微光才是真正的高光。

谨以此书，献给我热爱的这个职业，献给所有爱我的人。

2019年10月22日于山南书屋

红旗出版社
HONGQI PRESS
推动进步的力量

图书在版编目（CIP）数据

微光：一个央视记者的采访手记 / 何盈著. -- 北京：红旗出版社，2020.1
ISBN 978-7-5051-4965-6

Ⅰ. ①微… Ⅱ. ①何… Ⅲ. ①新闻报道—作品集—中国—当代 Ⅳ. ① I253

中国版本图书馆 CIP 数据核字（2019）第 231014 号

书　　名　微光：一个央视记者的采访手记
作　　者　何　盈

出 品 人	唐中祥	责任编辑	徐　澜　周婷婷
总 监 制	褚定华	责任印务	金　硕
特约审稿	希　言	封面设计	戴　影
责任校对	曾晓蓉	书名题签	姜　军

出版发行　红旗出版社
地　　址　（南方中心）杭州市体育场路 178 号
邮　　编　310039　　编 辑 部　0571-85310271
E-mail　1793516722@qq.com　　发 行 部　（北京）010-57270296
（杭州）0571-85311330
欢迎项目合作　项目电话　（北京）010-57274627
（杭州）0571-85310806
图文排版　杭州美虹电脑设计有限公司
印　　刷　杭州广育多莉印刷有限公司

开　　本　710 毫米×1000 毫米　1/32
字　　数　150千字　　印　　张　7
版　　次　2020 年1月北京第 1 版　2022 年2月杭州第 8 次印刷

书　　号　ISBN 978-7-5051-4965-6　定　　价　49.00 元
